U0886104

银教授 著

澡堂与片场

中国致公出版社 知音动漫

Contents

目录

脱口秀演员

李建军，一心想成为一名脱口秀演员。

可惜他是个结巴。

你别看他结巴，他上台讲段子，观众都会笑，笑他结巴。

李建军有一次在台上说：“能……能不能……别……别笑我……结……结巴。”

其中有个观众说：“你误会了，我是笑你长得丑。”

李建军着急道：“你……你……你……”

观众：“你什么你？你倒是说呀？哈哈哈。”

李建军：“你……你脖子上……上……有个……毒……毒蜘蛛。”

刚说完，那个观众就被毒蜘蛛咬死了。

李建军：“都……都……怪我，没……没有及时提……提醒。”

李建军获得尊重。从此没有人笑他结巴。但这也就意味着他讲段子没人笑了。因为他并不好笑。于是他去拜师。

还记得他第一次拜师。

师父问：“你是哪里人？”

李建军：“哈哈哈哈哈哈。”

师父：“虽然我是幽默大师，但你现在不用着急笑。”

李建军继续说：“哈哈哈……哈……哈尔滨人。”

师父：“不失为有些许幽默。”

李建军：“可……可……可不……咋的。”

师父：“看不出来你是个结巴？”

李建军：“结……结巴，当……当然看……看不出来。只能听……听出来。”

师父：“你为什么结巴？”

李建军：“其……其实我……我不……不……不结巴。我……我只只……是见……见到人才……才……才结巴。”

师父：“是见到‘人才’才结巴，还是见到‘人’才结巴？”

李建军：“是见到人……人……人才才才结巴。”

师父：“说了等于没说啦。脱口秀最重要的一点，就是停顿。懂吗？”

李建军：“我最……最……擅长……停……停顿。”

师父：“你这不是停顿，是卡碟。”

李建军：“有……有什么……区别？”

师父：“卡碟随机。停顿有技巧。”

李建军：“那……那怎么……么办？”

师父：“你可以考虑用别的方式表演，比如上台用打字的方式写段子，用投影仪投出来。”

李建军：“我……我打字……也……也结巴。”

师父：“天啦噜，那我可带不了你。咱俩还是解除师徒关系吧。”

李建军：“爸……爸。”

师父："叫爸也没用。"

李建军："一日……日……为师，终生为爸。"

师父："我没有你这个儿子。"

没有人愿意当李建军的师父，因为师父都在意自己的名声，不想有没前途的徒弟。李建军决定自学成才。他翻看了很多脱口秀书籍，甚至还练习绕口令。有一天他在台上表演《八百标兵奔北坡》的绕口令，他说："八八八……八八……"

观众："就你有嘴一天到晚八八的。"

李建军再次被打击，但他并没有被打倒，因为他每天早晨起来拥抱太阳。他相信，只要嘴角向上，就能蒸蒸日上。有一天，他打算早晨起来拥抱太阳，却发现是阴天。

很多人以为只要早起就能拥抱太阳，就像很多人以为努力就会成功。

这一次，他终于被打倒了。他从此每天睡懒觉混日子。很多人走过了凶险的江河湖海，最后逃不出温暖的被窝。他嘴角向下，哭了出了平行四边形的鼻涕泡，顺便迷失了方向。

人生除了嘴角向上和嘴角向下，难道就没有别的选择了吗？有，嘴角向右，可以模仿低配陈冠希。他打算做一次告别演出，自费定了剧场，做一场个人脱口秀，哪怕不好笑。

演出那天，他担心自己像往常那样会被观众嘲笑，没想到他多虑了，没有一个观众过来。

台下只有一位清洁工大爷。

尽管如此，他还是坚持讲完了所有的段子。

他一直相信心有多大，舞台就有多大。

可是如果没有观众，舞台再大只会让心更空。

讲完后，剧场的清洁工大爷竟然鼓掌起来。

这个大爷非同一般，三十年前，他是脱口秀天才，业内一哥。后来因为吃错药过敏导致哑巴，退出了脱口秀江湖。现在已经没人记得他。

大爷被李建军坚韧不拔的精神所感动，决定带一带这个年轻人。李建军的告别演出，的确是一场告别，因为他告别了过去的自己。同时也是一场开始，开始他全新的脱口秀历程。

李建军苦练手语，跟大爷交流脱口技巧，他们试图找到一种合适的表演方式，让结巴也能讲出厉害的脱口秀。一个哑巴带着一个结巴，开始了极其困难的训练。

三年后，李建军，这个结巴男孩终于取得了成功，因为他买彩票中奖一百亿。中奖后，再也没讲过脱口秀。

“啥……啥……梦想……不梦想的……可……可拉倒吧。”

李建军见人就说这句话。

有人问他：“难道你不记得你的梦想了吗？”

李建军说：“梦……梦想是……是什么？是当你没……没有其他选择时，用来骗……骗自己的东西。”

这句话传到他的哑巴师父耳里，师父吐血身亡，血喷在墙上，竟形成“2333333”的字样，不愧是一代搞笑大师，吐血都离不开提醒大家嘴角向上。

只是没有人知道，在每个无法入睡的深夜，亿万富翁的李建军仍然在家里练脱口秀，而且讲得特别好，一点都不结巴。因为他只有见到人时才结巴，自己一个人就不结巴。

他有想过一个人的时候录下来，但只要产生了这个念头，就相当于见人，又结巴了起来。

天下没有人能欣赏到他的绝妙表演，他是自己唯一的观众。

镖师

【夜，酒馆】

张乃霞：“为什么不提前告诉我。”

李建军端起酒杯：“告诉或不告诉，我都要去。既然结果一样，又何必在意过程。”

张乃霞：“你死了，我怎么办。”

李建军：“你怕我死？”

张乃霞：“怕。”

李建军：“那你当初就不该跟我。跟了我，就不要问这个问题。”

张乃霞：“那张图，藏好了吗？”

李建军：“文在了背上。人在图在。”

张乃霞：“我能看吗？”

李建军：“不能。”

李建军要走一趟镖。

他告诉张乃霞，自己把一张藏宝图文在背上，要从扬州带到京城。

这张藏宝图，谁都想要，足以引发一场战争。

危险。

江湖八大镖局，建军镖局是其一。

跟其他镖局不同，李建军的镖局，只有李建军和张乃霞两个人。

张乃霞负责谈生意，李建军负责走镖。

一个人，一把刀，从不出错。

但仍有客户问：“一个人走镖，安全吗？”

李建军：“如果我一个人不行，那么再来一百人也不行。”

客户：“那两百人呢？”

李建军：“如果你喜欢人多，你去找张艺谋。”

李建军早些年是强盗。

张乃霞早些年是镖师。

【五年前，丛林】

五年前，张乃霞在永兴镖局当镖师。

有一天，她率领二十人护送一车金子，路过丛林。

李建军提刀挡路。

张乃霞：“英雄从哪里来。”

李建军：“英雄不问出处。”

张乃霞：“永兴镖局张乃霞。借个道。”

李建军：“不借。”

张乃霞：“这车东西是校尉府的。你今天有命拿，也没命花。何必。”

张乃霞话音刚落，丛林里万箭齐发。

张乃霞拔剑挡箭。

片刻，张乃霞手下二十人全死，只剩张乃霞。

从林里钻出三十大汉，围住张乃霞。

张乃霞愤恨地看了李建军一眼："埋伏，不高级。"

三十人提刀就砍。

张乃霞一打三十。

李建军掏出一壶酒，边喝边围观。

尽管张乃霞是一流剑客，但三十个劫匪也极其彪悍。

张乃霞逐渐招架不住。

李建军喝完最后一滴酒，拔刀。

只听三十声劈响，三十个人头落地。

张乃霞："你们不是一伙的？"

李建军："我从来都是一个人。"

张乃霞："你到底想要什么。"

李建军："本来想要金子。现在要你。"

李建军本想劫金子，却偶然发现丛林里埋伏了同行。

原计划坐收渔翁之利，却改变了主意，因为他发现张乃霞打起架来很可爱。

张乃霞的剑法，也是出自名门，但因为饭量太大，学了一半被赶出师门。

后来，她的剑法是这里抄一点那里偷一点，导致打起架来很滑稽。

防守很强，但进攻略弱。

李建军从来没见过有女子耍这种剑法。

打着打着，把剑一抛，双手做个比心的手势，然后接剑再刺。

有点萌。

江湖独行二十年，李建军累了，想找个人一起走剩下的路。
张乃霞，可能是他想要的那个人。

喜欢一个人，有时候就是这么仓促。
我们仓促地工作，仓促地赶路，也仓促地喜欢上一个人。

李建军帮张乃霞一路护送，平安把金子送到了目的地。
后来，张乃霞接的每一个镖，李建军都义务帮忙护送。
张乃霞不理他，他无所谓，只在旁边跟着。
有人来劫镖，李建军就全部杀光。
喜欢一个人，就是想帮她。

张乃霞："别像狗一样跟着我。"
李建军："狗喜欢吃屎，你改变不了。"
张乃霞："我不需要你帮。"
李建军："我帮一个人，跟她是否需要无关，只是我想帮而已。"

李建军整天喝酒，但并不影响他拔刀的速度，只会让他下手更重。

张乃霞："别再跟着我。"
李建军喝了口酒："我有酒，你有故事吗？"
张乃霞："我有药，你有病吗？"
李建军笑了。
张乃霞："笑什么？"
李建军："我问你，睡一个不喜欢的人，会不会睡着睡着就喜欢上了？"

张乃霞："有可能吧。"

李建军："那你来睡我好不好？"

李建军就这么每天撩张乃霞。

张乃霞动心了。

张乃霞："我是镖局的人，你是匪，我们不可能在一起。"

李建军："那你也当匪。"

张乃霞："不如你走正道，加入我们的镖局。"

李建军："你们的镖局我看不上，你这么喜欢走镖，我们自己成立一个镖局好了。"

于是，李建军成立了建军镖局。

一个人，一把刀，从不出错。

建军镖局，名扬四海。

这四海分别是：黄海、渤海、东海以及万紫千红一片海。

故事回到现在。

李建军接了个镖，要把一张藏宝图从扬州护送到京城。

当今局势紧张，传言要打仗。

朝廷财务危机，叛军打算乘虚而入。

如果朝廷能得到这张藏宝图，定能充实军力，叛军就不敢妄动。

这张图，决定着一场战争是否爆发。

叛军想要，朝廷想要，匪徒也想要。

如果一样东西，天下人都想要，那么这个东西在谁手里，谁就最危险。

李建军不知道危险吗？

知道。

就是因为危险，他才接下这个镖。
他仿佛得了一种麻木的病，只有危险才能让他找到存在感。
李建军上路。
谁挡杀谁，路途走了一半。杀了八百多人。
刀都砍卷了，卷成了空气刘海的样子。

【日，丛林】
李建军穿梭在丛林，此时，离京城只有五里路，任务即将完成。
突然一支暗箭呼啸而来。
李建军侧身，躲。
接着无数支暗箭呼啸而来。
李建军拔刀，砍断所有箭。

一个人，一把刀，从不出错。

丛林里冒出五十人。
个个凶神恶煞。
为首的马大丸说：“把藏宝图交出来。”
李建军：“不。”
马大丸：“交出来嘛。”
李建军：“不嘛不嘛。”

马大丸，中原最悍的匪。
“杀！”马大丸一声令下，五十人朝李建军扑了过去。
双方热烈交战，气氛十分活跃。

本来这五十人不是李建军的对手，

但是马大丸也不是省油的灯，在他们交战时，从林里埋伏着一百个弓箭手。

弓箭手不顾五十个自家兄弟，竟朝人群中放箭。

马大丸太狠，宁愿牺牲五十个兄弟，也要拿下李建军。

李建军从没遇到过这种情况，既要打五十个人，又要提防暗箭。

关键时刻，一个人从天而降。

是张乃霞。

张乃霞的剑法，擅长防守，她帮李建军挡箭，让他专心杀人。

李建军："你怎么来了。我不需要你帮。"

张乃霞："我帮一个人，跟他是否需要无关，只是我想帮而已。"

二人联手，破了箭阵。

张乃霞："多亏了我。不然你就完蛋了。"

话音刚落，从林里又放出箭雨。

只是这一次，箭更多，目测起码有两百人放箭。

李建军暗惊："这么多人，难道真的是张艺谋派来的？"

本来这阵箭雨，李建军能招架得住，

但是这一次不同，这些箭统统是瞄准张乃霞的，

李建军离张乃霞有一个身位的距离，如果等李建军移过去再提刀防守，肯定来不及。

于是李建军一把拉住张乃霞，用自己的背挡住了那阵箭雨。

此刻，李建军背上插了两百支箭。

张乃霞想要抱紧李建军，却没法抱，因为背后的箭扎手。

张乃霞哭着对李建军说："你这个小箭人。"

李建军："我有一个问题。"

张乃霞："你说。"

李建军："我现在的样子，像不像一只可爱的小刺猬？"

张乃霞："不像，刺猬是卷起来的。"

李建军卷了一下身子。

张乃霞："现在像了。"

李建军死了。

一个人，一把刀，从不出错。

但两个人就容易出错。

他的死，是为了救张乃霞。

张乃霞站起身，指着马大丸："说好了不取他性命，你言而无信。"

马大丸："我没打算取他性命啊，你看，弓箭手本来瞄准的是你。只不过，他把你的命看得更重。为你挡箭的是他，取他性命的是他自己。"

【半个月前】

马大丸找到张乃霞："你帮我从李建军那里弄到藏宝图，我分你一半财宝。"

张乃霞："我不在乎钱。"

马大丸："每个人都有在乎的东西。如果你不在乎钱，那你在乎的就是李建军。"

张乃霞："那又如何？"

马大丸："只要拿到藏宝图，我放李建军一条生路。"

张乃霞："你们杀不死他。"

马大丸："我请了张艺谋，弓箭手有三万人。他再强，也必死。你怕不怕？"

最终张乃霞答应了马大丸，但条件是放李建军一条生路。

她太爱他，只要他能活着，她不惜一切代价。

他们原计划是让张乃霞在乱斗中使用迷药迷晕李建军。

没想到马大丸留了一手，选择了他认为成功率更高的方法：对张乃霞放箭。

果然，李建军为了救张乃霞而牺牲了自己。

这一切都在马大丸的计划之中。

"搜！"

马大丸的手下开始搜李建军的尸体，但一无所获。

只有张乃霞知道藏宝图在李建军后背。

但鉴于马大丸言而无信，张乃霞是不会告诉他真相的。

况且李建军背后中箭，图也毁了。

"藏宝图到底在哪里？"马大丸思考着。

马大丸看着李建军胳膊上有个 Hello Kitty 的文身，似乎想起了什么。

"莫非藏宝图文在了身上？"

他用刀割开李建军的衣服，把李建军翻过来，果然，背上依稀可见文身。

可惜，李建军背上中了两百支箭，这块文身已经面目全非。

马大丸派人拔下他背上所有的箭，然后把碎皮一块一块拼接起来。

拼了一夜。

最后发现这个文身，竟然是一句：张乃霞我爱你。

牺牲了五十个兄弟，马大丸得到的竟然是一碗狗粮。

马大丸一怒之下在张乃霞胸口扎了一刀。

张乃霞倒地，眼睛正好对着李建军背上的那句“张乃霞我爱你”。

她看着这六个字，视线逐渐模糊。

胸口挨的那刀根本不算疼。

扎心的，是这六个字。

李建军身上根本就没有藏宝图，他只是朝廷安排的一个掩人耳目的幌子。

而此时，藏宝图已经由一个非常普通的信使，一路顺畅地送到了京城。

李建军不惜一切救张乃霞，因此送了命。

张乃霞不惜一切想要李建军活着，却反而害了他。

感情的事太过玄妙，你以为自己所做的一切都是为了对方好，其实未必。

有多少相爱的人不能在一起，又有多少英雄都只是炮灰。

厨师

李建军，厨师，淮扬菜第一人。

李家的手艺，无人不知，无人不晓，世代是王室的御厨。

也有人说，李家祖上最早不是做厨师的，而是天下第一刽子手，擅长凌迟。

刀割犯人三千八百刀，每刀都避开要害，直至最后一刀让犯人咽气。

后来，祖宗说这活儿脏手，说不干就不干。

但祖宗传下来的一手好刀工不能浪费，于是就做了厨师。

刀工有多厉害?

用萝卜雕出来的龙，会飞。

用龙雕出来的萝卜，还是会飞，因为每一刀都避开要害，龙没死，所以会飞。

杀人跟做菜，没有区别。

都是手艺，讲究刀工，讲究时机。

李家的手艺，传男不传女，传内不传外；收养的不传，妻妾不传。

一方面是因为小气。另一方面，外人学不来。

血脉不通，悟性不够。

为什么这么玄？

西方料理，材料精确到克，时间精确到秒，手艺可以复制。

中华厨艺不一样。

放多少酱油？少许。

放多少盐？两勺。

放多少大料？适量。

这条鱼煎多久？中火煎至双面略带金黄。

少许是多少？适量是多少？勺子是多小？中火是多大？略带金黄是多黄？

没人告诉你。

中华厨艺，靠冥想和天赋。

就说狮子头。

剁肉。哒哒哒马蹄刀法一顿剁，剁粗了肉下锅会散，剁细了肉没嚼劲。

到底剁多久？拇指和食指一捻，全凭感觉。

狮子头进锅，盖上锅盖，闭上眼睛开个小差，琢磨着时间该到了，起锅，火候正好，入口即化。

你说这个感觉怎么教？冥想怎么教？不可言，只能悟。

这手艺传到了李建军，是第十九代。

经常有人对李建军说：“淮扬菜能有今天，真得感谢你祖宗十八代。”

李建军说：“承让，替我问候你全家。”

但是李建军的右手被人砍了。

淮扬菜第一人，右手被人砍了。

就是这么突然。

据说蒙面劫匪是想抢他手表，就直接把手砍了，逃之夭夭。

李建军右手被砍后，只对蒙面歹徒说了一句话：“你这刀工不行。”

这事挺冤，因为李建军的手表不值钱。

李建军是独子，李氏刀工唯一传人。

没有后代，因为不孕不育。

一只手从此没法做菜。

李建军的老婆，叫张乃霞。

张乃霞安慰他：“不要轻言放弃。给你讲个故事，城东有个打字员，叫马大丸，车祸失去双手后，用脚打字，打得比手还快。你也可以用脚做饭。”

“我用脚做饭，你吃吗？”

张乃霞笑了：“我不吃。”

“没人会吃。”

“给客人吃啊，反正没人知道。你们厨师干的恶心事情还少吗？你以前的同事小梁、老郭，哪个没往锅里吐过口水？”

“所以他们不是大师。”

“那你想开点吧，失去一只手，也并非一无是处，至少你单手解胸罩越来越厉害了。”

一代宗师李建军，现在唯一拿得出手的，竟只剩单手解胸罩。

曾经他拥有辉煌，如今他只剩彷徨。

张乃霞说：“要不我们夫妻配合。你颠锅，我掌勺，怎么也能做一盘夫妻肺片出来。”

“火候的事，弹指一挥间的奥义。你的右手终究是你的右手。我们做不到天衣无缝。时机不对，一切都不对。”

“要不你把手艺传给我。”

“祖上的规矩，不能传。”

张乃霞不死心：“规矩是死的，人是活的。”

“我失去了右手，我已经死了。况且，这种事，讲天分。”

“我未必没有天分。”

李建军沉默。

张乃霞撇嘴：“算了，我也就随便说说。”

“没说不教你。”

张乃霞真的有天分。五年，学会了全部。

张乃霞加以创意和改良，淮扬菜已是张氏的天下。

李建军逐渐被人遗忘。

偶尔还有食客记得李建军，却是这么说的：“他？不如张乃霞。”

食客，最薄情。

口腹之欲的事，抱歉，只看手艺。

比食客更薄情的，是张乃霞。

她名利双收，跟李建军离婚了。

名利场上，不看情分。

有人说张乃霞太狠。

是不是所有的技艺要练到登峰造极，都得心狠？

又过了二十年，李建军老了，躺在病床上，像个营养不良的老骡子。

张乃霞忙着第六家公司上市，从没过来看过他一眼。

而今天，张乃霞来看他了。

张乃霞：“今天我有话要说。说了之后，可能你死得不痛快，但我会活得轻松。”

“你说。”

张乃霞很平静：“当年砍你手的人是我。我想学你们李家的手艺，想来想去，只有这个办法。”

李建军也出人意料得平静：“我一直都知道是你。”

张乃霞一脸惊诧。

李建军：“关灯睡你那么多次，你蒙着脸，我还不知道是谁？”

“既然你都知道，为什么还传艺给我？”

“你砍我的那一刀，刀工是差了点，但我能看出来你有天分。赛过万里挑一。”

“就因为有天分？你完全可以找其他有天分的人。”

李建军笑：“你还爱我吗？”李建军灰色的眼珠突然有了光芒。

这一丝笑容，张乃霞是熟悉的，她最爱这一抹笑，只有最精湛的刀工才能雕刻出这么迷人的笑容。

可惜张乃霞已经不是当年少女：“都快死了还说这些。”

“你回答。”

张乃霞说：“爱吧。但我更想当淮扬菜第一人。”

“我没看错人。”李建军用尽全身力气从病床上坐了起来，“我祖上是刽子手，除了天分，骨子里还有一股狠劲。一门手艺要登峰造极，光有天分不够，还得要狠。你舍得砍我手，够狠。所以我愿意传你。”

张乃霞不解：“你的手艺也做到了登峰造极，但我没看出来你有多狠。”

李建军：“我坏了祖宗的规矩，还把手艺传给一个剁我手的人，我对自己还不够狠吗？你之所以看不见我的狠，是因为你比我更狠。”

说完这句话，李建军就死了，脸上带着笑。

张乃霞哭了——

对于这门手艺，她够狠；

对于李建军，她还是没能狠到底。

京城第一开锁师

【日，茶馆】

李大伟："一起干一票。"

李建军："你刚出狱。老实找份工作吧。"

李大伟："现在大学生都找不到工作。"

李建军："你是大学生吗？"

李大伟："不是。"

李建军："大学生找不到工作，你不是大学生，所以你能找到工作。"

李大伟："有些东西不是找不到，而是找到的不是想要的。"

李建军："你想要什么？"

李大伟："足够的钱。"

李建军："多少算够？"

李大伟："三百万。我只要三百万。朝阳东三环买套房。有房才能娶老婆。"

李建军："三百万是你坐牢前的价位。现在要七百万。"

李大伟："没想到坐两年牢这么费钱。"

李建军："后悔了？"

李大伟："后悔了。早知道多坐几年牢，等房产泡沫破裂再出狱。"

李建军："消极。"

李大伟："我要是消极，就不打算干这一票了。"

（李大伟点了根烟。）

李建军闻到烟味后咳嗽："现在室内不能抽烟。"

李大伟灭了烟："没想到我坐牢之后，社会变得更文明了。"

李建军："回到你说的干一票。干什么？怎么干？"

李大伟："银行。老规矩，只偷不抢，不出人命。"

李建军："银行不好偷。"

李大伟："所以请你出山。你在朝阳开了二十八年锁，你是京城第一开锁师。"

李建军："我不去。"

李大伟："别装了，当年你是京城第一盗。"

李建军："时代变了。你也看到了，现在茶馆都不让抽烟了，或许哪天起，茶馆都不让喝茶了。"

（李建军抿了一口茶，吐出一片茶叶，吐在了李大伟的脸上。）

李大伟："注意点。"

李建军："该注意的是你，生活就是这样，意外随时会发生。"

李大伟："只要做足了准备……"

李建军又吐了一片茶叶在李大伟脸上："看来，你还没有做足准备。"

李大伟："抬杠……你真不干？"

李建军："真不干。"

李大伟："爸，你太让我失望了，我们还是不是好兄弟了？"

李建军："嗯？"

李大伟："口误。"

【日，李建军家门口】

（李建军从电梯出来，发现马大丸在门口等他。）

李建军："有事？"

马大丸："你儿子请你出山，你不干？"

李建军："他找你了？你是他舅舅，别害他。"

马大丸："我也不干。儿子刚上大学。赌不起。"

李建军："儿子考上大学了？恭喜。"

马大丸："没什么好恭喜的，现在大学生都找不到工作。"

李建军："总比坐牢强。"

马大丸："有道理。今天来是想告诉你，你管不住李大伟的。给他一个支点，他敢撬起整个地球。"

李建军："给我这把锁的钥匙，我能打开这把锁。"（说完李建军掏出钥匙打开了自家门。）

马大丸："你这是废话。"

李建军："没有打不开的锁，也没有管不住的人，就看钥匙对不对。"

马大丸："有些锁是没有钥匙的。"

李建军："所以才需要我这样的开锁师傅。"

【夜，银行保险库】

李大伟一身黑衣，戴着头套，一路开锁畅通无阻，潜入银行保险库。

他一边装钱一边自言自语："今天我要告诉那些老家伙，我不比他们差。"

两个旅行包，塞满了钱。

一切都很顺利。顺利得让人觉得太顺利。

突然警铃大响，只过了五秒，十五名警察已经举枪把李大伟包围。

李大伟输了。

他在人群中看到了自己的父亲。

李大伟："你举报我？"

李建军："我跟你说过，意外随时会发生。"

李大伟："我是你儿子！"

李建军："对不起，我是朝阳群众。"

李大伟被押走，走到一半回头对李建军说：这次可能判无期。

李建军叹气。点烟，抽了一口，咳嗽。

警察："对不起，室内不能抽烟。"

【夜，看守所】

所长："李大伟不见了？"

警员："不见了。"

没人知道李大伟是怎么从牢房消失的，只知道所有的锁全被打开。

【夜，天津码头】

李大伟："你把我送进去，又把我弄出来？"

李建军："不让你死一次，你不知道活着有多好。"

李大伟："你不是朝阳群众吗？"

李建军："我也是你爹。"

李大伟："好兄弟。"

李建军："嗯？"

李大伟："口误。"

李建军："以后我的话，你还听不听？"

李大伟："听。"

李建军："那就好好做人。你该上船了。我在阿根廷给你买了个庄园。等到合适的时机，我和你妈也会过去。"

李大伟："你哪来这么多钱？"

李建军："没多少钱。在阿根廷买几亩庄园，也就相当于在二环买个六十平方米的开间。而且，京城的开锁师傅，比你想象得有钱。"

【夜，李建军家】

马大丸点了根烟："你什么时候去阿根廷？"

李建军咳嗽："你先把烟灭了。"

马大丸："怎么咳成这样？"

李建军："所以叫你灭烟。我去不了阿根廷了。肺癌晚期，最多还剩俩月。"

马大丸先惊讶后沉默。

李建军："我开了一辈子锁。最难开的，是儿子这把心锁。现在我也打开了，我可以放心地死。"

马大丸："你无愧京城第一开锁师。"

李建军："我就一朝阳群众。"

电击治疗

【日，网瘾治疗中心】

李父："我儿子李建军，网瘾少年。"

杨永新："你儿子多大。"

李父："四十二岁。"

杨永新："这么大已经不是少年了。"

李父："在父亲眼里，他永远是个孩子。"

杨永新："你惯的。"

李父："还有救吗？"

杨永新："来我这里，电击可治。"

李父："电击怎么治网瘾？"

杨永新："电死了就不会再上网。"

李父："不太好吧。"

杨永新："说电死，那是开玩笑，其实电残就行了。你去办手续交钱，明天把人带过来。"

李父去财务处交钱。

财务："一共十二万。"

李父：“能讲价吗？”
财务：“不能。现在电费太贵。”
李父：“十三万行不行？”
财务：“不行。说不讲价就不讲价。”

【夜，李家】
李父：“明天跟我走。”
李建军：“爸爸去哪儿？”
李父：“电击治疗中心。”
李建军：“不去。”
李父：“我是为你好。”
李建军：“电击不靠谱。”
李父：“你怎么知道？”
李建军：“网上查的。”
李父：“又上网！”

第二天，李建军被五花大绑，坐进父亲的宝马车，前往网瘾治疗中心。
李建军轻声抽泣。
李父：“喜欢坐在宝马车里哭的感觉吗？”
李建军：“我宁愿坐在自行车上笑。”
李父突然停车，从后备厢掏出一辆自行车，把李建军绑在自行车上，然后把自行车系在宝马车尾。
儿子要什么，父亲给什么，也许这就是溺爱。
李建军坐在后面自行车上，并没有笑。

一个人是否开心，不在于坐什么车，而在于前往哪里。
比如，你坐在前任的殡仪车上，前往火葬场，那你肯定是开心的。

走了一会儿，被交警拦下。

交警说汽车拖自行车太危险，让李建军戴上安全帽，就放行了。

又走了一会儿，汽车坏了。两人骑自行车继续走。

突然打雷下雨。

李建军："打雷要下雨，雷欧！"

李父："下雨要打伞，雷欧！"

李建军："你带伞了吗？"

李父："我带了一把小伞，我自己用。"

李建军："是个难题。那我呢？"

李父："你去树底躲雨。"

李建军："雷雨天不能在树底，会被雷劈。"

李父："没事，反正你要去电击治疗。"

于是李建军站在大树底下。

刚过去就被雷劈。

李父一看，焦了，一股煳味，还是熟悉的味道，闻上去就跟李母做的饭一样。

李父："你不能死。"

李建军奄奄一息："这些年我一直没感受到你的父爱，现在你舍不得我死，我终于感受到父爱了。"

李父："你要是死了，我那十二万电费不是白交了吗？"

李建军蹦起来："终究你只是惦记你的钱。"

李父："为什么你没被雷劈死？"

李建军："可能是因为我身上淋湿了，变成一个导体，然后把电导进了大地。这是科学原理。"

李父终于把李建军送到电击治疗中心，李建军在这里历经了一个月的治疗。

一个月后，李父收到杨永新电话。

杨永新："你儿子可以出院了。"

李父："治好了吗？"

杨永新："没。"

李父："那继续治。"

杨永新："不治了。医院停业了。"

李父开车去接儿子回家。

李父："医院怎么停业了。"

李建军："不知道。爸爸去哪儿？"

李父："回家。"

李父不知道杨永新的医院为什么停业。

三年前，李建军意外被电，发现不但没死，反而越电越精神。

他想起，这些年来，很多青少年被强制送往网瘾治疗中心，遭遇了非人的电击迫害。于是，他用三年时间把自己伪装成一个网瘾患者，然后被父亲送往电击治疗中心，凭借自己的吸电天赋，让杨永新的医院因拖欠巨额电费而破产。

李建军坐在车后座，悄悄摊开右手，掌心升起一团蓝色球形闪电。

"爸，我还想被治疗，你把我送到另外一家电击中心吧。"

贴膜师

张乃霞，手机贴膜师。

十六岁开始在青年路天桥贴膜，贴了八年。

能在青年路天桥上贴膜，相当于在白宫办公，是每个贴膜人心中的殿堂。

张乃霞年纪轻轻，却声名显赫。

可能有孤陋寡闻的人不知道幽默搞笑大王银教授，但是每个人都知道贴膜大师张乃霞。

能被称之为贴膜大师，是因为张乃霞有两点优势。

首先是技术好。

有一次客人来取手机，感慨：“你技术太好，我根本看不出来贴了膜。”

张乃霞：“因为我还没贴。”

说完，张乃霞才开始贴。

贴完，张乃霞说：“怎么样？是不是跟没贴似的？”

客人又感慨：“如果贴了等于没贴，那我为什么还要贴？”

张乃霞：“真正爱你的人，你平时感觉不到他的存在，但是他却一直保护着你。”

手机膜就是这样一个角色。

第二个优势是速度快。

我国高铁能跑到三百公里每小时，快吧？

而张乃霞贴膜时的最快速度，能达到一千二百公里每小时。

为什么？

因为她当时坐在飞机上贴膜。

这一手又快又好的贴膜技术，师从于她父亲。

可惜，父亲八年前在此天桥上与人决斗贴膜输了，为遵守约定，他答应不再踏进这个城市一步，从此销声匿迹。

可幸的是，张乃霞青出于蓝，打败了那个获胜者。

从此，江湖是张乃霞的江湖。

青年路天桥只有张乃霞一个摊位。

没人敢跟张乃霞抢生意，因为她技术高超。

曾有人来踢馆，全是输。

因生意太好，张乃霞有时候都顾不上吃饭。

谈起成功经验，张乃霞经常谦虚一笑："我只是把别人吃饭的时间拿来工作而已。"

昨天下午，有个年轻人过来，摆了个手机贴膜摊位。

敢在青年路天桥摆摊，就算是瞎子也看得出他是来踢馆的。

此人自称李建军。

"终于有人敢挑战张乃霞了！"江湖上议论纷纷，做好了围观准备。

围观人群包括老鼠药大王马大丸、蟑螂药宗师巢乙、丝袜皇后李江。

战事一触即发。

但李建军并没有开张做生意，摆摊后坐了一会儿就走了。

他这次来只是下战书。此外，李建军派人放出风，第二天要打价格战。

张乃霞做好了价格战的准备。

今天一早，张乃霞先发制人，直接打出五折优惠价。

“看得我都想贴两层膜，太划算！”蟑螂药宗师巢乙说。

“一代贴膜大师，平时从不讲价，今天竟然大出血打五折！看来是赢定了！”老鼠药大王马大丸说。

“现在说输赢还太早，你们看！”丝袜皇后指着李建军刚刚竖起来的牌子。

牌上写着：“天价贴膜，全球最贵。”

“这不是自寻死路吗？”有人小声议论。

可谁能想到，李建军的生意竟出奇得好。

原来，李建军精准把握消费心理：

当今社会人心浮躁，客人觉得贵的就是好的。

所以李建军利用天价引起客户好奇，再用过硬的技术征服客户，效果喜人，门庭若市，甚至有富豪开直升机来贴膜。

张乃霞被打了个措手不及。

怎么办？眼看要输，张乃霞迫不得已，使出杀手锏：免费贴膜。

牌子一举，所有人拥向张乃霞摊位。

有位老大爷在张乃霞这里贴了108层膜，不为什么，只因免费。

现在局势明朗，张乃霞基本赢定。

因为免费贴膜太亏，一般人耗不起。

但李建军不是一般人，他也宣布免费贴膜。

于是两边都排起长龙，势均力敌。

刚才在张乃霞那边贴了108层膜的老大爷，这会儿又去李建军那边贴了108层。

不为什么，只因免费。贴完后，手机厚得跟切糕似的。

双方连贴四小时，从早8点贴到中午12点，进入焦灼状态，难分胜负。

此时，这场战争已经与营销无关，与技术无关，变成体力战。

谁先累死谁就输。

中午12点，张乃霞觉得身体是革命本钱，该吃饭了。

她不能收摊。幸亏准备了干粮。

但她却一口都吃不下。

天桥气温高达40℃，再加上气氛紧张，导致张乃霞没有任何食欲。

而李建军却吃得香喷喷。

最终，因体力不支，张乃霞累倒。

她输了。输得很彻底，没有任何翻盘的余地。

张乃霞对李建军说："这个天桥是你的了。我走。"

李建军："别走。天桥还是你的。"

张乃霞疑惑："什么意思？如果你不是为了赢地盘，那你为何而来？"

李建军："为了你。"

说完，李建军摘下脸上一层膜，露出一张熟悉的脸。

张乃霞发现李建军竟然是消失多年的父亲。

父亲："贴膜的最高境界，是贴面膜，也就是易容。"

这一幕来得猝不及防。许久，张乃霞才缓过神来。

张乃霞："你走了八年，为什么突然回来？"

父亲："今天我来是为了提醒你，一个人要好好照顾自己。"

张乃霞："不用你管，我把自己照顾得很好。"

父亲："还是那么嘴硬，你中午都饿晕了。吃饭比工作更重要。好好吃顿饭，是对自己最基本的负责。"

看着父亲慈祥的面孔，张乃霞突然想起了自己说过的那句话："真正爱你的人，你平时感觉不到他的存在，但是他却一直保护着你。也许父亲就是这样的角色。”

晚上，父亲带着张乃霞去吃好吃的。

张乃霞吃得很开心，仿佛回到小时候。

看着张乃霞一脸幸福，父亲说：“我有事先走，你记住我的话，一个人好好照顾自己。”

父亲走到偏僻小巷，看四下无人，又揭开了脸上一层膜，露出很年轻的一张脸，这才是他真面目，他根本不是张乃霞的父亲。

时间回到一年前。

张乃霞的父亲突发疾病，临死前他对徒弟李建军说：“贴膜的最高境界是在脸上贴膜，也就是易容，你已经学会了。按理说我死而无憾，但我放心不下我女儿，我死之后，你易容成我的样子去照顾一下她，她从小就不懂得照顾自己。”

杀手与催眠师

李建军，杀手。

他根本数不清自己杀过多少人，

因为数学不好。

李建军年轻时，找不到工作。

第一百次找工作失败后，他说："我想杀人的心都有了。"

灵光一闪，找了一份杀人的工作。却意外地发现自己很擅长。

一般的杀手，都有自己惯用的武器，如刀如枪，如棒如锤。

而李建军不是一般的杀手。

他随手能拿到的一切东西，都能变成杀人武器。

哪怕是二十块钱纸币这种根本不能杀人的东西，他也能机智地去超市买把菜刀当武器。

你怕不怕?

再或者，一筐萝卜，他可以先把萝卜卖掉，赚二十块钱，然后机智地去超市买把菜刀当武器。

你怕不怕?

连萝卜都怕。

李建军杀人有原则。不杀小孩。

有一次，他杀一个三十二岁的黑社会头目，彪形大汉。

正准备下手，大汉说："听说你不杀小孩。"

李建军："那又怎样？"

大汉："不要杀本宝宝。"

李建军："嘻嘻，我最想杀的，就是你们这些乱用网络流行语的。"

每个成功男人的背后，都有一个女人。

李建军纵横杀手界，离不开他的拍档，也就是他的老婆张乃霞。

他爱张乃霞。

张乃霞是个催眠师。

每一次行动，张乃霞负责对目标催眠，李建军负责动手。

二十年来，从未失手。

夫妻俩有个梦想，加入世界顶级杀手集团：SSS 集团。

但是没人能联系到这个集团，连个投简历的机会都没有。除非他们主动找你。

纵使杀了二十年从未失手，SSS 集团也从未联系过他们夫妻俩。

"可能我们还不够强。"李建军说。

有一天，李建军和张乃霞分别收到一封来自保险公司的面试通知。

信尾署名：SSS。

"终于等到了这一天。"

【保险公司】

SSS 集团面试官，马大丸。

马大丸："我们是潜伏在保险公司的顶级杀手集团 SSS。只招募顶级杀手。"

李建军："SSS 我知道，可是为什么跟保险扯在一起？"

马大丸："时代变了，我们拓展了新的业务模式。现在我们这块的业务模式是这样的，打个比方，以前男人想杀老婆，要花一大笔钱雇杀手。现在，只要花点小钱给老婆投保一千万意外险。我们负责给他老婆制造意外，人死，保险公司赔钱，客户分五百万，杀手分五百万。双赢，还合法。"

李建军："太黑了。"

马大丸："干不干？"

李建军："干。"

李建军找回了杀手的激情。

马大丸："但是我们只招募顶级杀手，你还不够顶级。"

李建军："我和我老婆搭档，二十年来从未失手。"

马大丸："你们感情好吗？"

李建军："很好。"

马大丸："问题就在这里。顶级杀手不该有在乎的人。"

李建军沉默。

马大丸："杀手最重要的任务，其实不是杀人，而是确保自己活着。你有在乎的人就有弱点，有弱点就会被干掉，被干掉就不是顶级杀手。"

李建军："那我怎么才能加入你们。"

马大丸："给你老婆投保一千万，然后以'制造意外'的方式杀了你老婆。这一千万的赔款交给我们 SSS 集团，当作你的入职费用。一来表忠心，二来除掉在乎的人。有这两样，你就拥有在我们SSS集团当顶级杀手的资格。干不干？”

李建军：“干！”

马大丸：“爽快！”

李建军：“我说的‘干’，是不干的意思。”

马大丸：“呵呵，你不干，你们两人都得死。进了我的门，听到我的话，没有回头路。”

李建军：“你不怕我杀了你？”

李建军掏出菜刀抵在马大丸脖子上。

马大丸：“我怕。但你比我更怕。你今天杀了我，会有更顶尖的杀手追杀你们。你们必死。”

李建军：“我考虑一下。”

【李建军家】

张乃霞的面试内容，跟李建军一样。

两人坐在沙发上，沉默。

李建军：“逃？”

张乃霞：“没人能逃出SSS。”

李建军：“那怎么办？”

张乃霞：“我们两个都要活着，而且我们两个都要成为顶级杀手。”

李建军：“会有办法吗？”

张乃霞：“想想。”

李建军喝了杯酒，头晕。

出于职业敏感，他知道这不是普通的头晕，是被下药了。

“你要杀我？”李建军倒地。

第二天早上。

李建军醒来，发现家里有交警、刑警和医生。

警察告诉他，他老婆在楼下被车撞死。鉴定为交通事故。

李建军这才知道，张乃霞给他下药，根本不是要杀他，而是牺牲自己保护他。

张乃霞给他留了一封信，信上只有一句话："去做顶级杀手，不要让我的离开毫无价值。"

【保险公司】

马大丸微笑："我果然没有看错人。警察把你老婆的死定性为意外事故。保险公司赔了一千万。你干得漂亮。欢迎加入 SSS。"

只有李建军知道，他并没有下手，是张乃霞牺牲了自己。

但李建军没有解释。解释没有意义。

几年后，李建军成了 SSS 集团顶级杀手，成为杀手界的传奇。

故事没有结束。

回到那天马大丸对张乃霞的面试。

马大丸："你给你老公投保一千万，然后以'制造意外'的方式杀了你老公。这一千万的赔款交给我们 SSS 集团，当作你的入职费用。一来表忠心，二来除掉在乎的人。有这两样，你就拥有在我们 SSS 集团当顶级杀手的资格。干不干？"

张乃霞："我们杀人是为了什么？"

马大丸："挣钱。"

张乃霞："如果可以不杀人，但也能挣钱呢？"

马大丸："说说看。"

张乃霞："把人弄死，太麻烦，并且警察会查，会查就有风险。但如果弄成植物人，风险就小很多。植物人属于全残，根据保险条款，依然赔偿保额的 100%，也是一千万。你是生意人，同样的收益，为什么不选择更小的风险？”

那天，张乃霞给李建军下了催眠药，把李建军深度催眠成了植物人。

李建军的余生都躺在病床上做那场梦，他梦到张乃霞牺牲自己保护他，梦到了自己成为杀手界的传奇。

然而那只是一个梦。

很多年之后，SSS 集团真正的传奇，是张乃霞。

李建军变成植物人后，一直在家里靠呼吸机延迟生命。

张乃霞每天跟他睡在一个房间，仿佛还是夫妻。

“我说过，我们两个都要活着，都要实现顶级杀手的梦想。只是，我在现实里，你在梦里。”

李建军是专业杀手，不至于犯下被人下药的低级错误，但还是被张乃霞摆了一道。因为真正爱一个人，从来不会设防。

马大丸说得没错，要当顶级杀手就不该有在乎的人。

但还有一个可怕的问题：李建军一直在乎张乃霞，到底是爱，还是张乃霞对他的催眠？

或许这个答案不重要，因为有人说，爱本身就是催眠。

麻醉师

【2009年，院长办公室】

院长："当初为什么学医？"

李建军："寻找真相。"

院长："什么真相。"

李建军："死亡的真相。"

院长："那你应该学哲学。为什么学麻醉专业？"

李建军："众人皆醉我独醒。我喜欢这种感觉。"

院长："有诗意，但未必能胜任。现在你给我一个录取你的理由。"

李建军："我擅长做这个。"

院长："证明给我看。"

李建军："你已经在 offer 上签字了。"

院长低头看桌，发现不知何时已经签了字："你能给我下迷药，算你有本事。"

李建军："都说了我擅长做这个。"

李建军是玩药的天才。

六年后，2015年，李建军在这家医院当上了首席麻醉师。

【2015年，会议室】

院长："下午有个开颅手术，病人是个大人物。"

李建军："谁？"

院长："无人不知的大人物，马大丸。"

李建军："他？这种人竟然无罪释放。呵，不配活着。"

院长："别忘了希波克拉底誓言。手术台上没有好人和坏人，你只需要做一件事：救人。"

李建军："当然。"

院长："病人要求用最好的主刀医师和麻醉师。主刀，我来；麻醉，你来。"

李建军："你多久没有摸过刀了？"

院长："我闭着眼睛都能缝合血管。"

李建军："宝刀未老。"

院长："手术预计持续十三个小时，为了避免手术过程中出现无法察觉的脑损伤，病人必须全程处于半清醒状态，麻醉师需全程监控剂量。你出一点差错，病人就是死。"

李建军："知道了。"

手术成功。

但三个月后，马大丸死了。颅内血管爆裂。

经过尸检，定性为意外医疗事故。血管缝合的最后一针，没缝好。

院长被革职。

【李建军家】

院长："缝合血管，还是出了问题。"

李建军："你老了，手抖。"

院长："我知道是你。"

李建军："不知道你说什么。"

院长：“药的问题。”

李建军：“尸检都说了是你缝合的问题。”

院长：“都是行家，不绕圈子，我知道你给我下了药。”

李建军点烟。

院长：“我现在已退出医院，但我可以确保你当上院长。以后我们分钱，相安无事。”

李建军：“你这是勒索。”

院长：“我这是合作。”

【院长家】

院长老婆：“你怎么会犯缝合的错误？”

院长：“我老了。”

院长老婆：“说实话。”

院长：“这就是实话。”

院长老婆：“手术台上出现意外，不是主刀有问题，就是麻醉师有问题。我不信你会失误，所以我调查了李建军。”

院长：“你查到什么了。”

院长老婆：“十四年前，李家村强拆案。李建军的父亲是村主任，带领村民与拆迁队发生械斗，死亡六人，死者包括李建军的父亲。”

院长大惊：“原来李建军是他儿子？”

院长老婆：“你认识李建军的父亲？”

院长：“你先接着说。”

院长老婆：“那次强拆，是马大丸下的指令。可以说是马大丸害死了李建军的父亲。面对仇人，李建军在这场手术上沉着冷静表现完美，不正常。所以这事没那么简单。”

院长：“其实手术当天，李建军给我下了药。这场精密手术只要主刀医师出一点错，马大丸就是死。所以李建军想借刀杀人。”

院长老婆："果然。"

院长："但他不知道我破了他的药。所以药物对我没有任何影响。"

院长老婆："那你为什么缝合失误？"

院长："破他的药就是为了保持清醒，以便我确保缝合失误。"

院长老婆："确保缝合失误？你要马大丸死？"

院长："这个等下说。"

院长老婆："李建军下药，你可以将计就计，然后你保留证据，事后把脏水泼给李建军，你可以全身而退。"

院长："我不能毁了他，原计划让他上位，当我的傀儡。"

院长老婆："好，那你为什么要杀马大丸？"

院长："我收过马大丸一大笔钱，马大丸一天不死，我就一天不安全。现在机会送上门来，这场意外，由我亲自来做是最万无一失的。"

院长老婆："马大丸为什么给你钱？"

院长："当年拆迁，李建军的父亲讹诈马大丸，冲突失控才导致械斗。李建军的父亲被送到医院时还没死。马大丸给我钱，让我确保李建军的父亲死在手术台上。村长一死，拆迁的事就平了。"

院长老婆："你这双手不干净。"

院长："我是不干净，马大丸也不干净，李建军的父亲也不干净，李建军干净吗？他想借刀杀人，也不干净。这个世上，谁都不干净。"

第二天，院长在家洗澡，死在浴缸里。尸检结果是心梗导致猝死。

是李建军下的药，但法医检测不出来。就像李建军说的，他擅长这个。

十四年前，有人告诉李建军，父亲的死亡与院长有关。

六年前的面试，他对院长说的第一句话是："寻找真相。"

他监听院长六年，终于等到真相。

其实李建军最擅长的，不是下药，而是等待。

理发师

李建军，原名李发湿。

因为生下来的时候，头发是湿的。

但这也没什么特别，由于羊水的关系，每个人生下来头发都是湿的。

那为什么别人不叫李发湿？

我也不知道，你去问别人吧。

李建军的第一个客人是张乃霞。

那天张乃霞来到理发店，问：“你叫什么？”

李建军：“李发湿。”

同事：“知道你是理发师，我问你姓名。”

李建军：“李发湿。”

张乃霞：“你是不是傻。”

李建军：“不是傻，是李发湿。”

考虑到名字不方便，于是改名李建军。

几天后，他又见到了生命中最重要的一个客人：张乃霞。

他对她说：“我叫李建军。”

张乃霞："我怎么记得你叫李发湿？"

人生的错位大概就是，当你下定决心做出改变，别人却已经习惯旧的你。

别人理发用剪子，李建军理发用刀片。

别人是剪发，他是削发。

他的座右铭：再丑我削你。

意思是，一个人再丑，也能通过李建军削头发而变得好看一点。

大概是每个技艺精湛的手艺人，都喜欢玩装备。

李建军有一个密码箱，里面都是他的理发刀具，特殊合金定制，价值不菲。

李建军无论干什么都随身拎着密码箱，像华尔街的交易员。

张乃霞："为什么你不用剪子？"

李建军："剪子不上档次。"

张乃霞："怎么说。"

李建军："正如你听说过小李飞刀，但没听说过小李飞剪。"

张乃霞："这还不够说服我。"

李建军："如果把武侠里的刀替换成剪子，会怎样？"

比如你读武侠小说时，读到如下句子：

"一个人，一把剪子，傅红雪的目的只有一个：复仇。"

"有剪子就有人，有人就有剪子，剪子在人在，剪子亡人亡。"

"看剪子！"

"剪子光一闪。闪电也没有他的剪子光这么凌厉。每个人都看到了这一闪剪子光，却没有人看见他的剪子。"

听完，张乃霞笑得鼻涕都出来了，晶莹剔透，一如她的笑容。

李建军也不嫌脏，用手抹去了她的鼻涕。

做完造型，张乃霞问：“今天的定型效果这么好，用的什么发胶？”

李建军：“你的鼻涕。”

刀剑，是江湖最厉害的两大武器，可说排名并列第一。

其实刀的排名略胜一筹，因为刀字在前，剑字在后。

李建军靠刀谋生。

他曾对张乃霞说：“无论你给我什么刀，我都能给你削头发。”

于是张乃霞拿出一把螺丝刀。

李建军说你有神经病吗?

自此，他似乎爱上了张乃霞，一个神经病 Girl。

为什么一个女孩在包里会掏出一把螺丝刀?

他喜欢这个谜一般的女子。

张乃霞似乎也喜欢李建军。

因为她每天都来理发。

也幸亏李建军是理发师，如果李建军是火葬场管理员，她可能会每天都来火葬。

张乃霞每天来理发店，对李建军说：“帮我修一修。”

李建军：“昨天刚修过。”

张乃霞：“今天又长了一毫米，我嫌长。”

李建军：“削掉一毫米？”

张乃霞：“对。”

李建军拿出刀片，唰唰割掉一毫米。

一个月修三十次，发型没有任何变化。

李建军：“你剪完头发跟没剪之前一样，没有任何变化。为什么要每天来？”

张乃霞："只有每天变化，才能看起来每天没有变化。懂吗？"

李建军："懂了，你就是想睡我。"

张乃霞："是。"

当夜，他们去酒店睡了。

第二天一早，张乃霞还在睡，李建军悄悄离开。

他走进一条无人的小巷，拿出张乃霞的钱包，掏出里面的身份证，打了个神秘电话："帮我查个人，她叫张乃霞……"

随后离开巷子。

走了几步，发觉不对。

今天手提箱的重量不对。

他赶紧打开箱子，发现里面的刀具全都不见，取而代之的是铁块。

李建军赶紧返回酒店，发现张乃霞已经离开。

手机响，李建军接到电话，电话那头说："查无此人。"

李建军是个小偷。

当年考公务员失败，才当上了小偷。

之所以考试失败，是因为申论只得 11 分。

但是李建军跟那些开锁偷盗的不一样，李建军不会开锁，只会贴身偷。

贴身偷的这种贼，江湖上叫文雀。

从你身边走过，出刀，划开你的包或者衣服，赃物到手。

一气呵成。

一个专业盗贼团伙，有很多角色。

文雀这个角色一般不偷钱，只负责窃取别人随身携带的关键证件或者文书或者钥匙。

有了这些关键物品，其他搭档再潜入犯罪现场，由开锁师负责开锁。

开锁师，江湖上叫啄木鸟。

李建军的箱子里原本有十八种合金刀片，专门用来划破各种材质。

皮衣、雪纺、羊毛衫、帆布，不同的材质，需要不同的刀片。

这些刀片很贵。全国能做出这种刀片的师傅，不到三个。

现在，李建军的刀片全被偷了，取而代之的是铁块。

“张乃霞？”李建军开始思考。

什么样的女孩子包里会随身携带螺丝刀?

要么是神经病 Girl，要么就是啄木鸟，也就是开锁师。

张乃霞是开锁师。

大意了。

李建军一般不睡女孩，做文雀这一行，你永远不知道你的枕边人是什么身份。

但是他爱上了张乃霞，破例睡了一次。

原打算偷走她的证件去调查她的身份，没想到自己的刀片却被偷了。

为什么会爱上张乃霞，李建军不知道。

或许是因为那天她笑出了鼻涕。

李建军不会讲笑话，他很孤独，从来没把谁逗笑过。

所以就爱上了这个被他逗笑的女孩。

回眸一笑千古恨。

丢刀本来就是大事。

更大的事是，明天李建军有重大任务，要用刀。

李建军没有把这件事告诉组织。

他想在明天之前，把刀找回来。

可是，去哪里找?

说曹操，张乃霞就到。

张乃霞打来电话："刀在我这里。"

李建军："给我。"

张乃霞："我们团队缺一只文雀。今晚你帮我们做一单，刀就还给你。"

李建军："为什么找我。"

张乃霞："我们只用最顶尖的高手。"

李建军："如果我拒绝呢。"

张乃霞："我把刀寄给警察，上面有你的指纹。"

李建军："诈我。我的刀只要进箱，必定不留指纹。"

张乃霞："酒店的杯子上有你的指纹，我复制了下来，贴在了刀上。"

李建军："失策。我考虑一下。"

这一行有规矩。你在这个团队做事，就不能去私自去别的团队接活。

因为接私活的收益是你一个人，风险却是所有伙伴承担，万一自己被抓，可能整个团队都被挖出来。

丢刀影响第二天的任务是大错，接私活也是大错。

很难权衡。

李建军第一次站在了人生的十字路口。

嘀嘀嘀！大街上，司机狂按喇叭。李建军这才离开了这个十字路口。

李建军决定赌一把。

他给张乃霞电话："我接。时间地点人物给我。"

张乃霞："已经发到你手机。"

李建军："目标穿什么衣服？"

张乃霞："牛仔衣。"

李建军："那要用 4 号刀片。你得把刀片给我送过来。"

张乃霞："在你衬衣口袋。"

李建军一摸，果然在自己口袋。

这盘棋，张乃霞领先了很多步，昨晚张乃霞偷刀片时，已经留下了4号刀片。

李建军："划破点是什么位置？"

张乃霞："右前胸，第四根肋骨与第三根肋骨之间，划半寸。"

李建军："赃物是什么？"

张乃霞："不该问的不要问。"

李建军："力道？"

张乃霞："5牛顿。"

李建军："这个力道会见血。你害我。"

张乃霞："我有一千种方法害你，但不是这种。你照做就是。"

晚八点。

李建军来到银行，找到了目标人物：马大丸。

他袖子里藏着刀片，与马大丸擦肩而过。

没人看得清他是怎么出手的，只是擦肩之后，马大丸牛仔衣的右前胸破了个半寸的洞。

三秒之后，马大丸被一群人按倒在地，押进了一辆车。

李建军始终不知道发生了什么。

张乃霞也从此人间消失。

只是第二天听说银行大厅抓了一个人体炸弹的恐怖分子。

之所以没炸，是因为人体炸弹的导线断了。

李建军一身冷汗，如果他知道昨天划的是一根炸弹的导线，自己的手还会不会那么稳？

第三天，李建军被抓，因为警察收到了满是李建军指纹的刀片。

李建军被起诉一系列盗窃大案，在监狱候审。

有人来看他。

是张乃霞。

李建军："没想到。"

张乃霞："鉴于你过去犯下的那些案子，现在你有三种可能，一是审判后被判死刑，二是运气好被判无期。"

李建军："三是什么。"

张乃霞："给你全新的身份，加入我们反恐组。"

李建军迟疑片刻，叹了口气："看来我只能选三了。"

江南皮革厂

【明朝，杭州】

张乃霞："分手吧。"

黄鹤："好好的，为什么分手。"

张乃霞："我看不起你。"

黄鹤："就因为我是屠夫？"

张乃霞："是。贫穷，肮脏，下贱。你半夜摸我的那双手混杂着血腥和牛粪的味道。我不喜欢。"

黄鹤："以前我也是屠夫，当初为什么要和我在一起。"

张乃霞："人都有不懂事的时候。"

黄鹤："我不信。"

张乃霞："那我只能说实话：以前我有鼻炎，现在鼻炎治好了，没想到你这么臭。"

黄鹤："那我更不信了，鼻炎怎么可能治得好？"

张乃霞："我要离开杭州。"

黄鹤："去哪里？干什么？"

张乃霞："京城，嫁人。"

黄鹤："祝福你。（从怀里掏出一包东西），给，你最喜欢吃的卤牛肉，两斤。”

张乃霞（收下）：“谢谢。”（转身走）

黄鹤：“等等。”

张乃霞（定住）：“不要挽留我。”

黄鹤：“两斤卤肉没给钱。”

黄鹤，往上三代，都是屠夫。

《新龙门客栈》里，张曼玉手下的那个屠夫知道吗？

他就是黄鹤的爷爷，惯用一把十五斤重的菜刀。

耍得一手好刀法。

刀法有多好？

沧海月明猪有泪，蓝田日暖灶生烟。

说的就是：“那只被削掉半边脑袋的猪还在哭泣，而猪头肉已经开始炖上了。”

不是猪的反应慢，而是爷爷的刀法快，

快到猪都不知道自己已经死了，所以仍然在流着没有意义的眼泪。

祖宗最厉害的技艺，除了刀法，还有做刀的工艺。

黄家有一把祖传宝刀，就是那把十五斤的菜刀。

这把刀，切起菜来，简直跟切菜似的。

削起铁来，竟然也跟切菜似的。

有人说，天下没有这把刀切不断的东西，除了男女之情。

黄鹤不以为然，他觉得男女之情也能切掉。

爷爷再往上追溯，是刀客世家。

当初爷爷的爷爷，打造了这把菜刀神器之后，江湖从此不太平。

各路人马纷至沓来，有人来谈合作，有人要买做刀的秘方。

谈不成，就抢；抢不到，就杀。

一家六口，被杀得只剩两口。

最后，爷爷的爷爷勉强杀出一条血路，抽身逃出。

从此退出江湖。

爷爷的爷爷说，我们黄家的后代只能做个普通人，哪怕做屠夫，也不能做刀客。

现在这把菜刀神器，历经五代人，传到黄鹤手里。

一手绝顶的刀法，却干着屠夫的活，黄鹤并不觉得遗憾。

直到张乃霞嫌弃他。

张乃霞那天转身离开后，黄鹤回家第一件事就是洗手。洗了一个下午。

他决定不干屠夫了。他要做体面的工作，他要赚很多钱。

只有一手刀法，能做什么？

他盯着家里的一张牛皮椅垫发呆。

突然来了灵感。

于是他成立了江南皮革厂。

听说温州的牛最好，因此他把厂建在温州。

一手好刀法把牛皮玩出了花。

他的牛皮跟其他厂的牛皮不一样，特别润。

因为他的刀法，能用最快的速度把牛皮剥下来，

抽刀剥皮，牛未觉疼，皮却已剥。

你未见他拔刀，也未见刀入鞘，就是这么快。

有人说："这也太残忍了吧？"

不会，剥完皮后瞬间一刀正中牛头脑门，这头牛就安详而去。

一头没有经历过死亡痛苦的牛，它的牛皮是最好的。

无出其右。

大家都喜欢买江南皮革厂的皮包。

连朝廷里的达官贵人都喜欢，从皇帝到嫔妃到大太监，都用江南皮革厂的包。

生意越做越大。

黄鹤有钱了。手上再也没有混杂着血腥和牛粪的味道。

此时，距张乃霞离开黄鹤，已经三年过去。

有一天，张乃霞突然回来了。

据说她在京城嫁人后过了三年，生不出孩子，被休。

黄鹤找到张乃霞，娶了她。

她不再嫌弃黄鹤。

在那个时代，一个被休掉的女子，又有什么资格嫌弃一个富商。

黄鹤也不嫌弃张乃霞。

他觉得，有些东西永远是自己的，就算被人拿去糟蹋了又丢掉，自己还是会捡回来。

江南皮革厂令黄鹤名声大噪。

危险也逐渐逼近。

李建军，权倾朝野的大太监，东厂负责人。做事凶狠。

【夜，温州，酒馆】

李建军找到黄鹤。

李建军："我知道你是谁。"

黄鹤："我是谁。"

李建军：“你是我要找的人。”

黄鹤：“难道我是你失踪多年的儿子？哦忘了你是太监。找我什么事。”

李建军：“我看上了你的刀法。”

黄鹤：“但你却看不见我的刀法。”

李建军：“跟我一起为朝廷效力，加入东厂吧。”

黄鹤：“我只想待在江南皮革厂。”

李建军：“以你的刀法，待在江南皮革厂，浪费了。”

黄鹤：“我乐意。有些人喜欢挥霍金钱，而我更喜欢挥霍才华。”

李建军：“不加入也行，把你的刀孝敬给东厂。”

黄鹤：“不给。”

李建军：“拒绝过我的人都死了。”

黄鹤：“想杀我的人也从来没能活着离开。”

李建军：“给你三天考虑。”

李建军离去。

走出三丈远，胸口有凉风。

低头看，胸口被划了一道，三层布料被割，但没伤及皮肉。

李建军这才想起来刚才黄鹤对他说的那句话。

“你却看不见我的刀法。”

实在太快。

李建军趁着夜色来到一条漆黑小巷。

巷子里，有人在等他。

张乃霞：“我跟他睡了这么久，他刀不离身，我根本没机会偷刀。”

李建军：“偷不到就杀。”

张乃霞：“当初派我来，没说要杀他。况且，我怕我不是他的对手。”

李建军："东厂的人不说怕字。给你三天。"

【第二天，夜，房间】

尽管李建军威胁要杀黄鹤。

但黄鹤跟往常一样，依旧在酒馆喝到半夜回家。

七分醉，三分醒。

他从未怕过。

他怕酒不好喝，怕菜不好吃，怕三十的晚上鞭炮太响，但从不怕杀手。

黄鹤回家，倒床就睡。

喝了酒的人，会渴。

张乃霞开始泡茶。

泡完茶，她掏出一个小罐子，有点犹豫。

这是一罐毒药。

黄鹤其实在装睡。因为他听到张乃霞的心跳不对，他知道有事要发生。

他打算继续观察张乃霞。

张乃霞犹豫一阵，还是把毒倒进了茶杯。

黄鹤想好了，等下故意喊口渴，如果张乃霞把那杯毒茶端给他，他就杀了张乃霞。

正准备喊，发现张乃霞竟把毒茶端到嘴边自己喝。

黄鹤拔刀，杯子劈成两半。

纵然刀快，还是晚了。张乃霞已经喝掉了大部分。

黄鹤："为什么？"

张乃霞开始口吐泡沫："我是东厂的人。东厂让我杀你，我不舍得。但杀不掉你，东厂不会放过我。我宁愿自杀。"

说完张乃霞死了，嘴角挂着泡沫。

烛光下泡沫，是彩色的。

黄鹤难过。

祖宗的话没错。高调会惹祸。

祖上隐姓埋名四代人，到了黄鹤这里没隐住。

开江南皮革厂有错吗？赚钱有错吗？不小心当上绝世高手还拥有一把宝刀有错吗？

这些问题没有意义。

有时候你遭遇不幸，不是因为你错，而是因为别人不对。

一个月后，公公李建军被暗杀，并且东厂的十二大高手全被暗杀。

宦官势力一落千丈。

江湖传言是一位顶尖高手做的。但没人知道是谁。

同时，黄鹤也消失了。

江南皮革厂停工被查封。

关于皮革厂，江湖传言是这样的：

“江南皮革厂倒闭了！王八蛋老板黄鹤，吃喝嫖赌，欠下了3.5个亿，带着他的小姨子跑了！”

工人们炸锅了。因为工资还没结。

只好把工厂里的存货拿到街上叫卖：

“原价都是一百多、两百多、三百多的钱包，现在全部只卖二十块！统统只要二十块！！黄鹤王八蛋！你不是人！我们辛辛苦苦给你干了大半年，你不发工资！你还我血汗钱！还我血汗钱！”

黄鹤消失了。

没人知道他在哪里。

一旦踏进江湖，再想退出，就只能蜷缩到更隐蔽的空间。

黄鹤还有很多问题不清楚，为什么张乃霞是东厂的人？她去京城的那三年发生了什么？

最危险的地方就是为安全的地方。他潜入了皇宫去寻找答案。

经调查，真相是这样的：

所有的一切都是皇帝策划的一盘大旗，终极目的是搞垮江南皮革厂，然后皇帝就能以二三十块的价格，买原价一百多、两百多、三百多的钱包。

因为真的超级划算耶！

黄牛

老同学：“干这行，不怕被雷劈？”

李建军：“混口饭吃。”

老同学：“混饭吃的方式有很多，为什么要在医院当黄牛？”

李建军：“因为火车票已经没什么市场了。”

老同学：“我是问为什么一定要当黄牛？”

李建军：“混口饭吃。”

老同学：“劝你还是找个正经工作。”

李建军：“找我什么事？”

老同学：“那个……有没有风湿科的号？”

李建军：“有，四千五百元。”

老同学：“老同学你也宰，能不能讲点感情？”

李建军：“如果感情是用来讨价还价的，那感情也不值钱。”

李建军是个黄牛，倒卖医院的号。

很多人咒骂这个职业，然而急需之时，还是会找黄牛。

只要你要，李建军什么号都能给你弄到。

他也曾一度怀疑自己是不是很缺德。

但他又觉得：

医疗资源紧张的问题是一直存在的，他不做黄牛，别人会做。

如果上天一定需要几个缺德的人，他愿意自告奋勇。

咒骂黄牛的人认为，如果没有黄牛，挂号机会人人平等。

有了黄牛，名医专家号大多被有钱人买走，这样对穷人公平吗？

不公平。

但在这个城市。

房价很高，公平吗？

换个心脏很贵，公平吗？

买得起学区房的家庭的子女能读最好的学校，公平吗？

可以说不公平，因为有些东西我们竭尽全力都够不着，别人不费吹灰之力就能拥有。

别再说什么输在起跑线上，我们连上跑道的资格都没有。

但也可以说公平，因为商品就在那里，谁支付，谁拥有。

李建军做黄牛的目的很简单，多攒点钱，让自己的孩子以后过得好一点。

过得有多好？以后就算看病，花四千五百元买号也不会心疼的那种好。

大家赚钱的目的都是一样，只是每个人的手法不同。

手法虽有不堪，但胜过没钱的窘迫。

这是李建军的想法。

也是很多人的想法。

这一天，李建军，游荡在医院大堂，察言观色，寻找目标客户。

李建军最擅长的就是察言观色，他能一眼看出来谁需要号。

他有很多号，每一个都至少值四千五百元。

他观察一个农妇很久，他认为她就是目标客户。

这个农妇牵着一个五岁多的孩子，显得有些无助。

李建军走过去，经过一番交谈，报了个价。

农妇从棉袄里掏出一个布袋钱包，把所有的钱都倒了出来，数了数，三百二十块五角。

农妇看了看李建军，眼神里更加无助。

李建军摇摇头，离开。

他觉得农妇浪费了他的时间。

不知道从什么时候起，李建军开始变得冷漠，他甚至有点歧视穷人，虽然他自己也不是富人。

社会存在着一条歧视链，这个链是封闭的，每个人都歧视着不如自己的人，也被比自己牛逼的人歧视着。

食物链维持着生态平衡，歧视链维持着社会平衡。

这个城市从来不缺乏温暖人心的爱心新闻。

但更多的是冷漠。

谁经历，谁知道。

李建军找了个椅子坐了下来，继续察言观色，寻找目标客户。

他环顾一周，没发现合适的客户，却看到刚才那个农妇蹲在墙角，从包里掏出两个馒头和一个餐盒。

餐盒里面黑乎乎的，似乎是雪菜肉丝。

农妇咬了一口馒头，用筷子把雪菜肉丝里的肉丝挑了出来，填进馒头月牙形的缺口，递给小孩。

小孩接过去，狼吞虎咽。

李建军看到这一幕，想起有人说过这么一句话：

穷人孩子的母亲，是把肉挑出来给孩子吃。

而富人孩子的母亲，都希望孩子多吃点蔬菜。

这一幕太熟悉，让李建军想起自己小时候。

他看到农妇，想起了自己的母亲。

他看到小孩，想起了自己的童年。

李建军叹了口气，走过去，把号免费送给了那个农妇，一句话没说就走了。

李建军想起母亲去世前的一句话："好好做人。"

这一刻，他做了个决定。

他拿出电话打给他的黄牛老板："我不干了。"

他离开医院。

他在医院见了太多的生离死别，却无法面对一个把肉丝挑出来给小孩吃的母亲。

他不想赚这种钱了。

他想回老家过年，春节后重新找个正经工作。

李建军走出医院后，总觉得还有什么事没做。

他去餐厅要了两份炒菜，一份米饭，一份馒头。

打包，热乎乎的。

他拎着饭菜走进医院，寻找那对母子。

这一刻，他觉得自己整个人得到了新生。

他觉得自己是个好人。

但他却看到了农妇把号塞给了另外一个人，那个人给农妇塞了一大把钱。

农妇的眼神，跟刚才完全不同。

李建军知道，那是黄牛的眼神。

他被同行坑了。

大白菜和草莓

李建军和张乃霞从大学开始就是情侣，大学毕业后仍然在一起。

两人都是普通家庭的孩子，条件一般。

李建军这两年过得特别节省。

周末逛超市，张乃霞想吃草莓，李建军一看，一盒八个，四十块钱。

他对张乃霞说："别吃草莓了，苹果也很好吃。"

说完一看苹果，进口的，更贵。

李建军："其实苹果也不好吃，我觉得橘子不错。"

张乃霞："你咋不说大白菜好吃呢？"

李建军："大白菜的确很好吃。"

最后，两人拎着一棵大白菜回家。

当一个女孩想吃草莓，而男孩给她一棵白菜，那么这段感情就有问题。

这不是张乃霞想要的生活。

她想，如果是刚毕业手头拮据还能理解，但现已毕业两年，虽然买不起房，但过日子还算宽裕，真的没必要把日子过成这样。

这座城市给了年轻人很多机会，给张乃霞的是晚上吃大白菜的机会。

晚上，张乃霞扒了几口白饭，就不吃了。

李建军对着一盘白菜，吃得香喷喷。

张乃霞看着眼前这个狼吞虎咽的男人，突然觉得有点陌生。

整个世界都安静下来，只剩下李建军吧唧嘴的声音。

刺耳。

特别刺耳。

李建军："怎么不吃？"

张乃霞："没胃口。"

李建军："醋溜的，下饭。"

张乃霞："我已经够酸了。"

李建军看张乃霞不吃，便端起盘子连菜带汤倒进饭碗，用筷子一拌，继续吃起来。

张乃霞看着他那张吧唧吧唧的嘴，不敢相信，竟然是这张嘴在大学期间给她讲了无数的情话。

也就两年，李建军变成这副模样。

时间不是杀猪刀，抠门才是。

张乃霞以为李建军不知道，其实李建军什么都知道。

关于她对生活的那些不满，李建军看在眼里，想在心里，但是他不说。

因为他在下一盘大棋。

李建军这么抠，是为了在张乃霞生日那天，给她个惊喜：送她一辆车。

因为张乃霞每天要坐一个半小时的公车上班，特别辛苦。

李建军是个执行能力很强的人，有了计划就会不惜一切代价去实现。

这是优点，也是缺点。

两年过去，张乃霞生日快到了，李建军也攒够了十万块。

没想到，还没来得及买车，张乃霞就跟他分手了。

李建军很难过，不知道这两年辛苦的意义是什么。

他觉得自己打赢了每一场战斗，但是却输掉了整个战争。

分手那天，李建军意外得平静。

李建军："为什么。"

张乃霞："太苦。"

李建军："一路上有你，苦一点也愿意。"

张乃霞："苦很多免谈。"

张乃霞并非是不能吃苦的人，有些苦可以吃，但是不想吃得不明不白。

李建军最终还是买了车。

提车那天，他开着车去找张乃霞。

李建军打开后备厢，里面放着六箱草莓。

张乃霞看了一眼："你以为送我草莓就能挽回我？"

李建军："没说要送你草莓。"

张乃霞："那你给我看什么？"

李建军："给你看这车的后备厢，能装六箱草莓，就问你大不大？"

张乃霞很生气，但是没绷住，笑了。

李建军："想送你的不是草莓，而是车。这两年我们很努力也很辛苦，因为我想给你惊喜。"

张乃霞："那你怎么不早说？"

李建军："都怪你。"

张乃霞："怪我什么？"

李建军："如果你早几天出生，就能早几天过生日，我就能早点说了。"

张乃霞：“好冷。”

李建军：“那我们去车里说。”

张乃霞：“我说你的段子很冷。”

没有一波三折，就像现实里的大部分小情侣，李建军和张乃霞就这么简单地复合了。

两个人分开，未必是因为没感情；两个人复合，一定是因为有感情。

偷内裤者

李建军是名侦探。这里的“名”是量词，不是 Famous。

尽管不太出名，但业务水平还不错。

有一次他在凶案现场发现一张身份证，他立刻判定凶手是个傻子，因为只有傻子会把自己的身份证留在现场。

事实证明李建军是正确的，这是一例情杀，凶手被捕后泣不成声：“我竟然相信爱情，我真是个傻子。”

还有一次在凶案现场，凶手没有留下任何有价值的信息，但是李建军仍然发表了一番让人无法反驳的推理：“受害者死前一定还活着。”

除了调查凶杀案，李建军还调查婚外情。

曾经有位男士想让李建军拿到他老婆出轨的证据，李建军不惜亲自上马勾引他老婆，自拍一千多张高清合照以及海量视频，一举满足了客户需求。

“我爱工作，工作使我快乐。”李建军说。

然而在他办过的所有案件中，印象最深的是那起“内裤失窃案”。

那天，侦探社来了一位叫张乃霞的女人。

张乃霞："我内裤总是被偷，你帮我查查。"

李建军掀起张乃霞的裙子，看了一眼说："我查了，你内裤还在，没被偷。"

张乃霞："不是我身上这条，是我家里的。最近晾在阳台上的内裤，总是离奇消失。"

李建军一般不接这种小案子，但是考虑到自己还没有破获过变态类的案件，便接下了这个案子。

根据张乃霞提供的信息，案情梳理如下：

1. 每晚张乃霞洗澡后顺便把内裤洗了晾在阳台上，然后去楼下散步一小时，散步后回来，内裤就不见了。因此作案时间是在散步期间，也就是每晚 8 点至 9 点。

2. 入户门窗没有破坏痕迹，因此嫌疑犯比较专业，擅长开锁。

经李建军的侧写，凶手大概是这样：

1. 中年男性，沉默寡言，冷静聪明。不为什么，猜的，一般变态都这样。

2. 嫌疑犯是二次元宅，因为张乃霞丢失的内裤都是卡通内裤，上面印有进击的巨人、寄生兽等卡通形象。

3. 嫌疑犯不慕钱财。因为张乃霞家里的财物没有丢失。

结合以上侧写，李建军经过走访调查，案情取得了惊人的零突破。

李建军陷入焦灼状态。

张乃霞说："我看很多侦探片里面，都会翻垃圾桶来搜集证据，要不我们也去翻一翻？"

李建军表示同意，决定翻阅每一层的垃圾桶。

在翻到第16层楼时，案情终于有了突破。

他们在一个垃圾袋内找到了张乃霞的内裤，这个垃圾袋内还有拆掉的快递盒子，上面的地址显示是16层C户，名叫马大丸。正好在张乃霞楼上。

此时已基本可以确定罪犯。但最好能拿到更多证据。

这天晚上，李建军和张乃霞敲16C住户的门。

马大丸："谁？"

张乃霞："邻居张乃霞。"

马大丸："哦，是你啊。什么事？"

张乃霞："促进邻里关系，进来坐坐。"

马大丸开门，李建军和张乃霞进屋，坐在客厅沙发上。

李建军本想通过寒暄来套话，没想到张乃霞更为激进，直接进了马大丸房间。

马大丸还没反应过来，张乃霞就拿着两条内裤出来了。

张乃霞："你就是偷我内裤的变态。铁证如山。"

马大丸哑口无言。

张乃霞："怎么不说话了？我报警了啊。"

马大丸："别报警。这内裤真的不是我偷的。"

张奶霞说："要我不报警也可以，你搬离这个小区。"

马大丸："这是我家，我搬哪去？"

张乃霞："不搬也行，我就把你是变态的事情告诉小区里的每个人。"

气氛陷入了僵持状态。

李建军打破了沉默，他对马大丸说："你能证明自己无罪吗？"

马大丸："不能。我要怎么证明？"

李建军：“你有不在场证明吗？每晚 8 点到 9 点你在哪里？”

马大丸：“我一个人住，没人可以证明。”

李建军：“那你就麻烦了。”

马大丸陷入了沉思，突然灵机一动：“每晚这个时间段我在打游戏，我游戏好友可以证明。”

李建军：“那你也可能一边打游戏一边偷内裤。”

马大丸：“不可能，我一直都在激烈厮杀，根本腾不出手。”

案情又陷入了扑朔迷离的状态。

李建军若有所思，突然，他从张乃霞手里接过内裤，放在鼻子底下忘情地闻起来。

张乃霞：“你干什么？”

李建军：“这两条是全新内裤，没洗过。但是你说你丢失的是洗后晾在阳台上的干净内裤。”

张乃霞：“我……”

李建军：“所以，这两条内裤，其实是你带过来陷害马大丸的是不是？”

面对李建军突如其来的盘问，张乃霞哑口无言，承认了自己陷害马大丸的事实。

原来，马大丸喜欢在阳台抽烟，经常把烟头丢在楼下张乃霞的阳台上。张乃霞说过几次他都不听，于是她怀恨在心，便伪造证据陷害马大丸。

有些人看起来无辜，其实未必，受害者与施害者，有时是同一个人。

2886年

2886年，世界混乱，战争遍及全世界。

整个世界只有一个政府：世界政府。

有一支反抗军，一心想要推翻政府军。

反抗军也不想掌权，只有一个诉求："实现一个无政府的世界，弱肉强食，适者生存。"

这场战争就像一场没有感情的恋爱，持续了很久，彼此都很累，终于，双方的领袖决定坐下来谈一谈。

反抗军："你不试试我的无政府管控，你怎么知道我的方法不行？"

政府军："你不吃一吃屎，你咋知道屎不好吃？"

反抗军嫣然一笑："实不相瞒，我吃过，味道还行。"

政府军："……"

反抗军："乖，就听我一次，试试。"

政府军："不行，我们不能让世界变得更坏。"

反抗军："这个世界已经不能更坏了。"

政府军："唉？有道理，那就试试呗。

反抗军手比心："么么哒。"

于是双方达成《放肆 24 小时》协议，协议内容如下：

一、24 小时内，没有法律管控，没有执法人员。

二、任何人可以做任何事，比如烧杀抢掠。当然，任何人也可以做任何程度的防卫。

三、但不管怎么样，Wi-Fi 不能断。

双方都拭目以待，想看看这个世界会变成什么样子。

李建军，前特种部队退役，现在是赏金猎人。

目前在杀手榜排名第二，而排名第一的人，没人知道是谁，也许真正的高手从不暴露自己的身份。

李建军的业务范围广泛，包括：杀人、绑架、营救、刮大白、批泥子、疏通下水道等等。

曾经有人问他："你刮大白就算了，为什么还掏下水道？不嫌脏？"

李建军："难道杀人就不脏？我的手早已不干净。"

所以，只要钱到位，什么活都干。但他也不是没有底线的人，曾经有人给他一个亿巨款，让他关注银教授的公众号，他表示拒绝。

他每天喝酒睡觉杀人，听说世界要进入"放肆 24 小时"的状态，他一点都不关心。甚至他觉得这个世界越乱越好，这样有利于他接更多的生意。

00 ： 00 分，放肆 24 小时正式开始。

此刻，李建军在路边吃烧烤，发现一群流氓在非礼一个看上去十八九岁的女孩。

平时李建军不会管这种闲事，但今天不知道怎么回事，也许是一眼看上去就喜欢这个女孩吧。

他忍不住横眉冷对。

流氓：“你瞅啥？”

李建军：“能不能借点钱给我花花？”

流氓：“凭什么？”

李建军：“就凭你马上要死了，钱留着也没用。”

说完李建军用指甲把这几个流氓划跑了。

女孩：“多谢英雄搭救，小女子无以为报，只能……”

李建军：“以身相许。”

女孩：“我还没说完，小女子无以为报，只能不报。”

李建军：“那怎么行？我要非礼你。”

说完，李建军脱掉上衣准备扑上去。

女孩：“为什么，如果你是流氓，为什么要救我？”

李建军：“把你救下来，我就能一个人独享。”

女孩：“妈的。”

李建军：“开玩笑的，我只是想幽默一下。”

女孩：“难道尴尬是幽默的最高境界？”

李建军：“我叫李建军。”

女孩：“我叫张乃霞。”

李建军：“你用的什么香水？”

张乃霞：“香奈迩 886 号。好闻吗？”

李建军：“好闻是好闻，就是挺骚的。”

李建军饮完杯中酒，准备继续流浪。

张乃霞跟着李建军。

李建军：“为什么跟着我。”

张乃霞：“你是个好人。”

李建军：“这与你跟着我有什么关系？你们女人就是没逻辑。”

张乃霞："反正我也没地方去，我当你助理吧，我给你洗衣服，你给口饭吃。"

李建军一想，也行，这么便宜的助理，不用白不用。

这一路有各种酒馆，李建军平常就坐在酒馆喝喝酒。

酒馆的墙上一般贴着各种海报，杀人抢劫通缉的都有，有谁想接这些任务，就撕下海报交给老板，报名即可。

他们来到一个酒馆，李建军刚坐下，发现墙上贴着一张海报，写着"杀死李建军，赏金一个亿"。

李建军笑了，没想到自己这么值钱。

在这个世界，能被挂在酒馆的墙上，已经是一种荣幸，而赏金达到了一个亿，那更是一件值得炫耀的事。

李建军决定去厕所撒泡尿庆祝一下。

等他撒完尿出来，发现那张海报已经被人领走了，也就是说，这个酒馆里有人要杀李建军。

李建军问张乃霞："你有没有看到谁撕下了那张海报？"

张乃霞："没看到，就感觉刮了一阵风，一眨眼的工夫，海报就没了。"

李建军笑着说："看来是个高手。"

张乃霞："你还笑？有人要杀你，你不紧张吗？"

李建军："每时每刻都有人要杀我，但我还活着。我不紧张，是因为我是高手。"

张乃霞和李建军两个人推杯换盏，饮酒到深夜，聊了很多。

张乃霞说："我从小就失去了爸爸，被妈妈带大，不知道有爸爸是什么感觉。"

李建军："是疼的感觉。"

张乃霞："我也想被爸爸疼。"

李建军："我说的疼，是从小被爸爸打。"

张乃霞："我要是有爸爸，他一定不会打我。我小时候特别羡慕邻居家的小朋友，他爸爸每天下班都带一根糖葫芦回家。所以我从小的愿望就是有个爸爸给我买糖葫芦。"

李建军："呵呵，糖葫芦？现在很少有这种东西卖了吧？街上到处都是卖枪支弹药的。你死心吧，这辈子都不会有人给你买了。"

聊着聊着，已是深夜，酒馆的客人全都走了，只剩他们俩趴在酒桌上睡了。

但李建军没有真睡。他悄悄起身，离开了酒馆。

一个小时后，李建军回到酒馆，发现张乃霞不见了。

他四处张望寻找张乃霞，突然感觉背后有一股杀气袭来，他正准备转身用右手防守，但迟疑了一下，换成了左手。

就是这一阵迟疑，暴露了致命的破绽，他被一个蒙面黑衣人打晕了。

黑衣人掏出匕首，刺向李建军的喉。

但是黑衣人突然停了下来，因为看到了李建军的右手紧紧地捏着一根糖葫芦。

黑衣人离开酒馆，走到一个偏僻巷子的角落，扶着墙，抽动着肩膀。

她摘下了面罩，哭了。

黑衣人是张乃霞。

她没想到，那个叫李建军的杀手，会在兵荒马乱的年月为她买一根糖葫芦。

她更没想到，这个男人为了保护一根糖葫芦，连命都不要。

李建军在杀手榜排名第二，而那个排名第一的，正是张乃霞。

只是从这一刻起，张乃霞不配当世界第一。

因为她动了情。

李建军醒来，发现张乃霞拿着糖葫芦笑着看着他。

李建军：“是你要杀我。”

张乃霞：“你怎么知道是我。”

李建军：“我被打晕前，闻到了你的香水。没想到你竟然犯这种错误。”

张乃霞：“我是犯了错，但不是犯了香水的错。”

李建军：“能在背后把我打晕的，只有排名第一的杀手能做到。没想到你这么年轻。”

张乃霞：“其实我跟你差不多大，只是保养得好。”

李建军：“所以你被流氓非礼，都是演的，故意让我救你，然后你留在我身边，让我放松警惕，就是为了找机会杀我。”

张乃霞：“是的。”

李建军：“全都是假的，这个世界还有什么是真的？”

张乃霞看着李建军，一字一句地说：“我想吃糖葫芦，是真的。”

李建军：“你看过周星驰的《国产凌凌漆》没有？”

张乃霞：“看过啊。”

李建军：“我们的故事跟这个电影好像哎。”

张乃霞：“嗯。”

李建军：“后来男女主角就在一起了。”

张乃霞：“讨厌。”

是的，他们后来在一起了。

李建军一直没有问张乃霞为什么要杀她，张乃霞也没有说。

在杀手的世界，他们不喜欢问，也不喜欢答。

言语会骗人，保护糖葫芦的动作不会骗人。

中产与蝼蚁

李建军，三十二岁，北京程序员。

在南三环有套小房子，五十多平的开间，硬是改成了两房。

这套房是七年前结婚时，两家人一起出钱买的。

付了三成首付。

当时两万一平，现在六万五。

买房那年，有朋友祝福：“恭喜买房了！”

也有人阴阳怪气：“呵呵，三十年贷款，你睡得着觉吗？”

说这话的人是个同事，北京大姐，本地人，没房。

七年过去，李建军女儿都五岁了，越来越发现房子太小不够用。

但现在房价已经涨得连爹都不认识了，就算把小的卖了也换不起大的。

在北京这些年，李建军没挣到什么大钱。

程序员就是这样，撑不死饿不死。

每当想起工作，李建军都郁郁寡欢。

他想跟人合伙创业，又觉得自己不是这块料。

太老实的程序员在创业的道路上，往往只有一个结局：被坑。

关于事业危机，

三十岁之前还好，可以安慰自己“我还年轻”。而且手上有套房子还是一件有优越感的事情。

三十岁之后，有套小房不再优越，又想起换房无望，李建军陷入前所未有的恐慌。

老婆偶尔吐槽：“我们是不是一辈子要住在这个小房子里？”

李建军安慰：“知足吧，有房就不错了，起码上车了，那谁谁谁，2008年看房看到现在都没买，现在连厕所都买不起。”

这套说辞，虽然他老婆听了很多次，但每次听完还是有效果的。

只是效果维持不了多久，每次老婆听说谁家换了大房子，还是要回家继续吐槽的。

人比想象得坚强，看到别人比自己惨就行。

人也比想象得脆弱，看到曾经不如自己的人突然过得比自己好，就要怀疑人生。

安慰完老婆，李建军自己却睡不着。

因为安慰不了自己。

他起床去阳台抽了根烟，想来想去，发现其实事情很简单，就是没钱。

这么一想，倒也豁然开朗。

钱总是让事情变得简单。

有钱，什么都好办。

没钱，也好办，不办就是。

李建军觉得自己思想上升了一个境界，满意地睡觉去了。

“知足常乐。”李建军对自己说。

说知足常乐的人，根本不知足。

去年过年回老家，走亲访友，席间，一个很久没联系的远房亲戚说：“听说你在北京买房了？不错啊。”

李建军客气：“小房子，小房子。”

亲戚说：“多大啊？”

李建军：“五十多平。”

最怕空气突然安静。

在老家，那些住三五百平的房子的人，才敢自称住在小房子里。

亲戚以为李建军说小房子是谦虚，没想到真是小房子。

“没事，慢慢来。”亲戚打了个圆场。

被安慰后，李建军又觉得自己有点屌，赶紧补了一句：“我们楼盘现在涨到六万多了。”

李建军企图凸显一下固定资产总值，从而彰显身价，

但话说出口又后悔了，因为这个饭桌上有好几个有钱人。

李建军的房贷还没还清，净资产不如别人一辆车的残值。

他觉得自己有点可笑。

“明年过年不回家了吧，没意思。”晚上，李建军对老婆说。

李建军的女儿明年就要上小学，但是这个房子配的学校，排名很差。

“不能让孩子输在起跑线上。”

李建军给孩子报了各种班，小提琴钢琴击剑数学英语跆拳道古典舞。

每年学费大几万。

虽然换不了大房子，但是学费还是交得起的。

李建军觉得心安。“教育是投资，没有投资哪来的回报？”

但他也知道，这点学费，根本请不到名师，都是蜻蜓点水。

于是他又安慰自己：“先广撒网，就当启蒙，万一能点亮某个天赋，再集中资金专项投入。”

有一天，他接孩子放学回家，地铁上听到两人在聊天，一个女的说：“父母都不想让孩子输在起跑线上，其实这话没道理，父母就是孩子的起跑线，普通人家的孩子，从出生那一刻起，就已经输在起跑线上了。”

另一个人附和：“是啊，我本来给孩子报了很多兴趣班，后来觉得没必要，会拉小提琴能改变什么？什么都改变不了。而且读书这事，靠智商，看命吧。”

李建军觉得很有道理，但又不想承认。

自己构建的“多才多艺天赋发掘计划”，就这么被路人的聊天击溃了。

李建军越来越焦虑，挣钱的渴望越来越强烈。

他甚至渴望加班，因为有加班补贴。

加班回家后，还要继续接私活，挣外快。

李建军长期睡眠不足，暴躁易怒。

工作太苦。但如果不努力，连苦的机会都没有。

女儿生日那天，他在办公室加班到深夜，没熬到天亮，猝死了。

醒来发现这是个梦。

这不是他想要的。

他默默流泪，抱着熟睡的老婆。

他第一次真正知道什么是岁月静好。虽然老婆在打鼾。

第二天，他决定和老婆商量，把房子卖了回老家。

有时候，你不服输，你可能会一直输。

但也有人一直坚守，永不退缩。

无关对错，只是选择。

在这个城市，所谓的中产每天过着看似光鲜的生活，朋友圈照片都是加了滤镜的英式下午茶。

但只有夜深人静时，有些中产才知道自己是蝼蚁。

还有些中产，根本不知道自己是蝼蚁，而且他还同情别的蝼蚁。

决定要离开北京后，经老同学介绍，李建军即将入职老家最大的一家民营企业的 IT 部。

虽然是所谓“老家”，但也不是遍地苞米地，而是省会城市，中小学的基础教育小有名气。

李建军计划好了，卖房款加上手上的存款，可以在当地买一套一百六十平的四房，买一辆五十万的车，让小孩就读排名前列的学校。

他可以不再背负贷款，可以放心攒钱，等小孩中学或者大学毕业，支付小孩出国的费用也游刃有余。

这样的生活，对于一个三十多岁的男人来说，拿不出手炫耀，但也算体面。

很多人年轻时都有一个大富大贵的梦，直到被生活蹂躏得开始秃头，才知道什么是现实。

于是，梦想从富贵降到了体面。

体面，是入门级中产的底线。他们永远不敢说自己过得好，只能说不差。

李建军觉得这个回归老家的计划很棒，然后开始把北京的房子挂出去出售。

然而，生活充满了意外。

这就是为什么总是有人说人生如戏。

在他准备提交离职申请的那天早上，他收到了升职通知。

很突然。

因为他的上司被空降到上海。北京的位置由他来顶。

他算了算，升职后，年薪税后五十万，带项目拿奖金估计有三十万，合计八十万上下。

而在此之前，他的年收入只有三十万。

现在他的收入加上老婆的收入，家庭收入超过了百万。

李建军收到这封升职邮件时，正在厕所拉屎。

他等不及提裤子，就发消息告诉了老婆。

老婆："还走吗？"

李建军："不走了。我现在心跳很快，感觉跟中奖一样。"

老婆："不是中奖，这是你应得的，你早该拥有这一切。房子还卖吗？"

李建军："卖。我们可以换大房子了。"

李建军看中了西三环的一套大房子，学校还可以。

所谓"大房子"，也只有九十七平方米。

那天他正打算去签约，房东坐地起价，涨八十万。

爱签不签。

李建军掏出电话打给房产中介："我那套在售的房子，提价五十万。"

这个电话，李建军打得很冷静，仿佛早就预料到了。

后来，李建军自己的房子提价五十万卖掉了，然后买了这套被加价八十万的房子。

这就是食物链。

上面咬你一口，没关系，你咬下面一口。

至于你能咬多大肉，看你在食物链中处于什么位置。

撕咬很残酷，但更残酷的是，很多人根本没机会参与这场撕咬游戏。

升职后，李建军突然觉得北京的天蓝了很多，就连汽车尾气也香了一点。

他有了自己的办公室。

这个夜晚，他故意不下班，等所有人都走了，他坐在大班椅上，审视着这个办公室的每一个角落。

他升起窗帘，窗外是 CBD 的夜景。

他第一次觉得这个城市的灯红酒绿与自己有关。

他像元首一样十指交错，构思着什么，他甚至已经开始考虑未来如何配置资产：信托、基金、保险、美元、移民。

他觉得自己的心跳更快了。

但很快冷静了下来，毕竟被生活蹂躏的秃头再也长不出黑发。

仰望星空之后，他不会忘记脚踏实地。

“我要大干一场了。”说完，他打开电脑，开始加班。

他开始思考如何组建新的团队，制定新的季度工作计划。

他要让所有人刮目相看。

想到这里，心跳又开始加速了。

那句话怎么说来着，人生如戏。

他没熬到天亮，猝死了。心肌梗死。

这次不是梦。

师徒

二十岁时，李建军做了个梦，梦到自己很穷。

一觉醒来，发现这不是梦。

十几年前，李建军二十岁，被母亲送到大城市，拜魔术师马大丸为师。

马大丸见到李建军，第一句话就是："我们很穷，要勤俭节约。告诉我，你可以节约到什么程度？"

李建军："我尿在抽水马桶里，可以攒一天才冲一次。"

马大丸摇摇头："我住的地方没有抽水马桶。"

马大丸是个魔术天才。但那时还未成名。

他们在天桥表演街头魔术。

在那个时代，人们虽然喜欢看魔术，但不喜欢付钱。

纵使马大丸技术精湛，但赚不到什么钱。

李建军："师傅，咱们既然是魔术师，为什么不变点钱出来花花？"

马大丸："那你怎么不变聪明一点？"

李建军双手合十："变！嘻嘻，变聪明了。"

马大丸："感觉变更蠢了。"

有一次天桥表演，马大丸生病，破例让徒弟李建军上台。

李建军觉得表现的机会终于来了，他想不走寻常路，于是灵机一动，在观众里挑了个漂亮姑娘上台。

李建军对姑娘说：“我给你表演一个神奇的魔术。”

姑娘：“有多神奇？”

李建军：“特别神奇。你先把眼睛闭上。”

待姑娘闭上眼睛，李建军亲了姑娘一下。

姑娘：“不是要变神奇魔术吗？干吗亲我！”

李建军：“平白无故被我这样一个帅哥亲一下，这难道还不够神奇吗？”

随后，李建军被姑娘的体校男友暴捶一顿。

观众纷纷鼓掌，以为打人也是魔术表演的一部分，并认为李建军开创了滑稽魔术流派，令人耳目一新。

那一天，他们赚到的钱比以往都多。

但是回家后，马大丸把李建军赶出家门。

李建军：“为什么赶我走。”

马大丸：“不守规矩。”

李建军：“什么规矩？”

马大丸：“我没教的，你不能演，这是门规；你要是演砸了，别人以为是我教错，这是辱师门。你不守门规，有辱师门，所以你滚。”

李建军：“但是观众鼓掌了。”

马大丸：“那是运气。人不能靠运气吃饭。”

“你说得对，人应该靠钱吃饭。我今天赚到钱了。”李建军滚出去时，不服气地丢下这么一句话

马大丸看着李建军的背影，摇了摇头：“你根本不懂什么是赚钱。”

李建军在公园睡了一周长椅。钱快花完了，撑不住，回去找师傅认错。

李建军：“我错了。一首越南版的《错错错》送给你。‘错错错，是我的错。’”

李建军忘情唱起来。

马大丸：“别唱。其实我也正想找你回来。”

李建军：“我就知道你舍不得我。”

马大丸：“也不是，主要是我这房租一千五一个月，贵了。想让你承担五百。”

李建军：“原来如此！”

看着年轻的李建军，马大丸又意味深长地说：“还没学会游泳，就不要花式游泳，否则会被淹死。”

李建军：“我会游泳。”

马大丸：“废物。我只是打个比方。”

李建军若有所思地点头。

此事之后，李建军苦练基本功，几年下来，魔术天赋竟被激发出来，名气越来越大。

那几年，经济形势变好，魔术突然有了市场。

马大丸招了不少徒弟，创建了公司，有了自己的剧场。

一时间，一票难求，风光无限，公司挣了很多钱。

尽管整个市场竞争激烈，但是马大丸始终是魔术江湖的霸主。

李建军感慨：“时势造英雄。”

马大丸：“不，是我造了时势。”

师傅发财了，李建军以为自己也能分到一杯羹，毕竟是公司红牌。

但事实并非如此。

李建军因此愤而离去。

走的那天，李建军说：“你已经有一锅红烧肉，为什么不肯多给我一粒米？”

马大丸：“我能挣到这碗红烧肉，就是因为我从不放过任何一粒米。”

李建军：“我走。”

马大丸：“门在那边。”

李建军并没有从门离开，而是跳窗而走。

之所以跳窗，一方面是因为他不走寻常路，另一方面也是因为马大丸住一楼。

李建军走后，自立门派，羽翼渐丰，逐渐能与马大丸分庭抗礼。

但商场如战场，马大丸作为行业大佬，一直没放过李建军，一有机会就捅李建军一刀。

庆幸的是，李建军命大，怎么都捅不死，但也没法走得更远。

李建军问母亲怎么办。

母亲说：“你以为你做好防守，就不会有人能伤到你，但是你要知道，一位勇士光举盾还不够。你得有刀。”

李建军恍然大悟。

随后的那几年，李建军转守为攻，与马大丸斗得遍体鳞伤。

这场战争，以马大丸落败而告终，李建军成为新一代魔术宗师。

而马大丸从此退出江湖，隐居乡间。

那一年春晚，马大丸看到李建军在台上表演，露出了复杂的笑容。

“你甘心吗？”一个女人问马大丸。

“我红过，也该退了。”

“我不是说这个。我是说，他可能一辈子都不知道你是他的父亲。”

“我不停捅他刀子，是为了把他变成一头真正的狼，这样便不会再有人能真正伤到他。我是谁不重要，重要的是他能成为谁。”马大丸对李建军的母亲说。

外卖师

“来啊，快活啊！”急救人员对濒死的李建军说。

“我还有大把时光吗？”奄奄一息的李建军问。

“活下来就有。”

“痒。”

“你想听这首歌吗？”

“不是，你不要在我胳肢窝的位置做心肺复苏。”

李建军，曾在一家私人安保公司担任首席保镖。

简单说，就是押送，要么送人，要么送货。

还有一种可能：送命。

没办法，这是职业风险。

那次执行任务，遭遇爆炸，李建军奄奄一息。

急救人员误在他胳肢窝的位置做心肺复苏，他被痒得大口喘气才侥幸存活。

之后，他想到自己还有家人。

于是决定退出江湖，过安稳日子。

人在江湖就是这样，你保护过很多人，有一天突然发现，没人保护你。

辞职那天，他拒绝了公司安排的聚餐，因为不喜欢吵闹。

他打算在公司叫个外卖，吃完再走。

可外卖迟迟不来。

他打电话给外卖小哥："你再不送来，外卖都凉了！"

外卖小哥："你点的是凉皮，本来就是凉的。"

李建军不甘示弱："你再不送来，外卖都热了。"

外卖小哥："烦不烦了啦！堵车了啦！你行你上了啦。"

李建军挂掉电话，心里久久不能平静。

"我上就我上。"

后来，李建军找了份送外卖的工作。

有人说，这工作找得也太草率了吧？

那又如何。

现在的年轻人连结婚都草率，李建军找个工作还不能草率了？

再说，当外卖员怎么就草率了？三百六十行，行行出状元。

"我要当王牌外卖员！"李建军在心里埋下了理想的种子。

得益于首席保镖的从业经历，身体素质过硬的李建军送外卖很有优势。

首先是速度快。

电瓶车时速三十公里，李建军觉得太慢，因为他长跑时速达到五十公里。

有人问："那他为什么不去参加奥运会？"

不为什么，谦虚。

李建军想跑步送外卖，但又怕电瓶车放路边被偷，于是他就扛着电瓶车跑，竟有如虎添翼的效果，时速能达到八十公里。

其次是稳。

李建军会跑酷。

有次李建军捧着火锅急速前进，突然蹿出一条哈士奇。

如果摔倒，这条狗就有落入火锅的风险。

为保护小动物，李建军一跃而起，向前翻腾两周半，转体两周，落地接托马斯全旋，整套动作一气呵成，火锅汤一滴都没洒出来。

李建军觉得自己很帅，可惜没人看到，只有那条哈士奇看到了。

人生的寂寞莫过于此，自己最帅的年华，只有狗能见证。

有人又问了，那李建军为什么不去参加奥运体操呀？

都说了他谦虚了，怎么还问，好啰唆。

除了这些技能，李建军还会帆船、皮划艇、赛马，甚至还会开直升机。

但是考虑到外卖公司只给他配了一辆电瓶车，所以这些终极技能一般没机会使用。

两年过去了，李建军取了个老婆，叫张乃霞，可谓爱情顺利。

他在事业上也是声名鹊起，大家都知道这座城市有个永不迟到的王牌外卖员叫李建军。

甚至有些土豪没事就开着直升机，在天上看李建军送外卖，因为赏心悦目。

有一天，李建军正在送外卖，突然接到个神秘电话。

电话那头说："I want to play game."

李建军："语法错误，应该是 play a game。"

神秘电话："Whatever. 我知道你是李建军，现在，我要你去 A 点取个炸弹，帮我送到 B 点。"

李建军："我要去 C 点送外卖，没时间。你自己咋不去送炸弹？"

神秘电话："这不堵车吗？只有你有本事能帮我按时送到。"

李建军："别闹。我不喜欢恶作剧。"

神秘电话："还记得两年前你差点被炸死吗？"

李建军心里咯噔一下。两年前，那场差点害李建军死掉的爆炸，正是炸弹狂魔马大丸制造的。他们是十几年的宿敌了。

李建军问："你是炸弹狂魔马大丸？"

神秘电话："没错。"

李建军："我要是不帮你送炸弹呢？"

马大丸："A 点有个人质。你要是不去，炸弹会爆炸；你要是报警，炸弹也会爆炸。救人还是送外卖，You make choice."

李建军："语法错误，应该是 make a choice。你能不能不要讲英文？"

马大丸："讲英文，能营造大片的感觉。Whatever，你不懂。"

说完，马大丸挂掉了电话。

李建军陷入了沉思。

其实这个选择很简单，他当然选择去救人。

但是，这事又没那么简单，反派怎么可能轻易让你救到人？

人生就是一道选择题，当你纠结选哪个时，很可能所有选项都是错的。

怎么办？

走一步看一步。

于是李建军走了一步，左看看右看看，发现没车，就过了马路。

没错，这就是过马路的技巧：走一步看一步。

李建军决定先去 A 点。

他一路狂奔，抵达 A 点，进入指定房间，发现里面既没人质，也没炸弹。

李建军这才意识到自己中计了。

马大丸为什么要把他骗到A点来?

李建军冷静下来思考：我原本是要去C点的，突然接到电话让我去A点，但A点什么都没有。那马大丸的目的是什么?只有一种可能，那就是马大丸不想让我去C点!

C点到底发生了什么?只有去了才知道。

想到这里，李建军打算往C点跑。

但是他又想到一个问题：马大丸一定算到了我此刻会往C点跑，但他却没有继续拖延我的时间，说明他已经算过了，按我奔跑的速度，就算跑到了C点，也已经晚了。

正在这时，马大丸来电话了。

马大丸："你到A点了，很听话。我现在可以告诉你了，那份送往C点的外卖是我点的，你老婆现在也被绑在C点，她随时会炸哦。"

李建军："你是说她来大姨妈了?"

马大丸："滚。她身上全是炸弹。"

李建军："你绑架就绑架了，为什么还要点外卖?"

马大丸："你这个王牌外卖员不是号称永不迟到吗?我今天就是要你迟到，让你身败名裂!我还要让你救不到老婆，让你自责一生!"

李建军："所以你就把我骗到了遥远的A点，是因为你算准了我赶不到C点?"

马大丸："没错。现在你老婆身上的炸弹还有十分钟就要爆炸，你全速跑过去至少要二十分钟。坐车更不可能，现在下班高峰，全城堵车。你就等着收尸吧。"

李建军："为什么要这么对我?"

马大丸:"你做保镖的这十三年来,屡次破坏我的行动,让我损失惨重。两年前的那场爆炸，没炸死你算你命大。现在我想通了，与其让你死掉，不如让你痛苦地活着。”

李建军：“别这样，我已经退出江湖了。”

马大丸：“一个人欠下的债，不是一句退出江湖就能还的。”

李建军点了根烟，心想：我离开了江湖，可江湖却没有离开我。

到底怎么办？

突然，李建军掐灭烟头，因为他想到一个办法。

最后，李建军不仅按时送到外卖，而且还救下老婆。

到底想的什么办法呢？

还记得他的土豪粉丝吗？那些开着直升机在天上看李建军送外卖的粉丝。

当时李建军朝天空吐了个烟圈，正好看到一位土豪粉丝开着直升机。

李建军大手一挥，粉丝二话不说接他上机，五分钟就赶到C点附近。

一个人不管有多红，关键时刻还得靠他的粉丝。

清洁工

李建军从小就被父亲教育，一屋不扫何以扫天下。

长大后不负众望，当上了清洁工。

能当上清洁工，绝非偶然，他从小就展现出了过人天分。

十四岁那年的暑假，为了德智体美劳全面发展，家里首先送李建军去市少年宫打篮球。

李建军苦练大腿肌肉，练就了一蹦三尺高的绝技。

只为跳起来把篮板擦干净。

因为弹跳好，滞空力强，他灌篮时会顺便从裤兜里掏出一块粉红色小抹布。

先用抹布擦擦篮球，再把篮球灌进篮筐，最后用抹布擦擦篮板。

也许这才是真正的擦板球。

完成这一整套的灌篮动作，他才缓缓降落，收获雷鸣般的掌声。

李建军觉得这些掌声，是赞扬他清洁工作做得好。

“最怕有天分的人比你还努力。”其他清洁工纷纷感慨。

甚至还有外地的清洁工组团来篮球馆观摩学习。

或许，他可以当一个很优秀的篮球队员。

但是人各有志，他更喜欢做清洁，因此他离开了少年宫篮球队。

“教练，我想大扫除。”这是他对教练说的最后一句话。

十六岁那年的暑假，家里送他去学钢琴。

学琴第一天，他又掏出了一块粉红色的小抹布开始擦。

老师：“你在干什么。”

李建军：“擦钢琴键。你看，至少有三分之一的钢琴键，都发黑了。”

老师一脸黑线。

李建军：“老师，你脸上怎么有黑线，我帮你擦。”

也不知道为什么，李建军学琴比其他人也更有天分。

也许清洁这门艺术，跟音乐是相通的。

比如他狂擦桌子的动作和表情，跟郎朗差不多。

或许，他可以当一个很优秀的钢琴家。

但人各有志，他更喜欢做清洁，因此他离开了钢琴培训班。

“老师，一首《洗刷刷》送给你。”最后离别的曲目，仍然跟清洁有关。

十八岁那年，李建军参加高考，考上了一所很好的大学，选择了化学专业。

父亲：“既然这么喜欢做清洁，为什么不上技校选择家政专业？”

李建军：“科技是第一生产力，想要做个好的清洁工，文化知识少不了。”

的确。

想要做好清洁，需要用到各种化学物品。

就拿最简单的拖地来说，有个小秘诀，那就是拖地离不开 H_2O。

试问，如果不掌握化学知识，谁能想到这个秘诀呢？

硕士毕业后，李建军被当地一家环卫公司录取。

该公司是当地500强企业（注：当地一共有500家企业）。

随后，李建军娶了个富家女张乃霞。

李建军："我只不过是个清洁工，为什么你要嫁给我。"

张乃霞："我们有钱人的品位很难说的。"

好景不长，富家女家族生意破产，变成穷家女。

张乃霞："我都没钱了，为什么你还愿意跟我在一起。"

李建军："我们穷人的品位很难说的。"

虽然钱没了，但是张乃霞一颗买买买的心还在。

购物车永远是满的，因为没钱买。

李建军："对不起，这辈子清空过很多垃圾桶，却没法帮你清空购物车。"

张乃霞："没关系，其实我挺好养的，包吃住就行。"

李建军："那也不难。"

张乃霞："具体说来就是：买名牌包、吃好吃的、住大房子。"

李建军："哦，那太难了。"

这一夜，李建军彻夜未眠。

他可以忍受清贫的生活，却为无法满足枕边人而陷入了自责。

第二天，李建军扫大街，捡到一包黄金。

去菜市场的肉铺，称了有三斤重。

不放心，又去找公平秤，称了五斤。

李建军心想：现在的生意人素质真低，竟然缺斤少两。

骂完别人素质低之后，李建军决定把黄金据为己有。

他去黑市套现，但没人敢收这么多来历不明的黄金。

那怎么办呢？

李建军灵机一动，他用黄金交换了两卡车钱包，然后买了个喇叭，在路边喊：

“浙江温州，浙江温州最大皮革厂，江南皮革厂倒闭了，王八蛋老板，黄鹤，吃喝嫖赌，欠下了 3.5 亿，带着他的小姨子跑了……”

李建军卖钱包卖了三十万。

回家后，他用这笔钱清空了张乃霞的购物车，最后只剩十九块八。

张乃霞：“你账户哪来这么多钱？”

李建军：“你购物车哪来这么多东西？”

一周后，李建军收到一份快递。

是一套寿衣。还有一封信：“明天早上八点，农贸市场见。”

“这是恐吓信。”李建军说。

第二天李建军赴约。

对方是一个老头，叫马大丸。

李建军：“你是谁。”

马大丸：“黑社会。”

李建军：“干什么。”

马大丸：“你捡了我的黄金，却没有拾金不昧。不好。”

李建军：“真搞笑，嘻嘻，一个黑社会教育我拾金不昧。”

马大丸掏出一把枪。

李建军：“对不起，一点都不搞笑。我把钱还给你。”

马大丸：“钱都被你老婆花光了，你哪来的钱还。”

李建军：“没花光，还剩十九块八，剩下的我慢慢还。”

马大丸把枪收起来：“我今天来不是让你还钱，而是给你送钱。”

说完，马大丸又给了李建军一包现金，三十万。

马大丸：“我们调查了你的背景，你极其擅长打扫卫生，我们公司需要你这样的人才。”

一听打扫卫生，李建军表现出了浓厚的兴趣。

马大丸：“我们是一个去年刚创业的互联网杀手集团。客户在网上下单，我们在线下负责杀人。C 轮已融资八亿。”

李建军：“需要我做什么？”

马大丸：“现在刑侦技术越来越先进，搞得我们清理杀人现场很头疼。我们需要专业人士来打扫现场，确保不留任何证据。”

李建军：“太危险。被抓到我不就死了。”

马大丸：“小傻瓜，既然你能消灭所有的证据，又怎么会抓到你呢？”

李建军一听竟觉得很道理。

沉思片刻，他对马大丸说：“我还有最后一个问题。”

马大丸：“你说。”

李建军：“你们公司有五险一金吗？”

马大丸：“有。而且还有咖啡、零食、丰富的下午茶，上下班不用打卡。”

李建军：“我考虑考虑。”

李建军回家后，把这事告诉了张乃霞。

张乃霞：“这有什么好考虑的，加入吧，毕竟有零食吃。”

李建军：“太危险。”

张乃霞：“扫大街也危险，说不定就被车撞了。同样是危险，为什么不多赚点钱？”

李建军还在犹豫：“要不然我们报警吧。”

张乃霞：“这么有实力的公司，他们会在警察到来前杀了我们。你先干着吧，等挣够了钱买套房，再洗手不干。”

李建军就这么加入了杀手集团。公司给他配备了各种高科技清洁装备。

这两年，李建军用那块粉红色的小抹布，结合自己的化学硕士背景，抹掉了无数的血迹、毛发、指纹。

每年都获得杀手公司年度保洁标兵的荣誉。

李建军对张乃霞说："这两年我挣的钱，除掉你买买买的花费，还剩三百万，要不我辞职退休吧。"

张乃霞："三百万有什么用，两年前看中的那套三百万的房子，现在都六百万了。"

李建军："你要是不乱花钱，说不定已经买房子了。"

张乃霞："怪我？我当初那么有钱都不嫌弃你，你现在嫌我？"

李建军："也不是这个意思。"

张乃霞："其实你收入不低，只是追不上房价，得想办法买套房子才行。"

李建军："还能有什么办法。"

张乃霞："办法倒是有一个。你每次把杀人现场打扫得像什么事都没发生过一样。根本没有人知道那是杀人现场。如果有人知道房子里杀过人，那一定会便宜卖，那你就买下来。懂？"

李建军略做沉思，露出谜之微笑。

有一天他接到任务，前往一所小区打扫杀人现场。

杀人现场是一套一百五十平方米的三室两厅，带有很好的学位，还额外赠送五十平方米的入户花园，是张乃霞梦想中的房子。

市价六百万，如果被当凶宅出售，估计三百万就能买到。

李建军心想，就这套了。

于是他在打扫现场时，故意留下了证据。

果然，没多久，警察破案了。

那天早上，张乃霞正在网上买买买。

警察突然来到家里，把张乃霞抓走了。

张乃霞：“干什么？买东西也有罪？”

警察：“我们有足够的证据，证明你是一桩杀人案的凶手。”

张乃霞被抓走后，面临终身监禁的指控。

老板马大丸听说这事后，问李建军：“这是怎么回事？”

李建军：“是我陷害她的。”

马大丸：“为什么？”

李建军：“整天买买买，烦死了。”

马大丸：“你老婆也这样？能不能帮我一个忙……”

走投无路

我是李建军。

结婚十年，育有一子。

婚姻一般，事业一般。

我是一个陷入中年危机的男性，但是不甘心，还在努力挣扎。

我跟老婆之间的感情有点微妙，像很多中年男人一样，感觉自己的婚姻出现了危机。

好像谁也没有做错什么，大概只是彼此厌倦。

比中年危机更可怕的是，我刚查出来自己得了癌症。

医生说我时间不多，大概还剩一年。

家人还不知道这件事。

为什么我这么倒霉？我这么努力这么拼，我还在争取人生的转机，为什么我只剩一年可以活？

不如不活，我打算自杀。

死在自己家里肯定不行，因为我唯一能留给家人的就是房产，不想让房子不吉利。

如果跳楼，也是害了邻居。

想来想去，决定去城郊的一个荒废公园上吊。

听说那里经常有人自杀。

我觉得这是个自杀的好地方。

就算死，也不会打扰别人。

一大早，我洗了个澡，穿上很普通的衣服，打车去城郊公园。

我准备了一根拇指粗的尼龙绳。

我把绳子甩上大树，然后打了个可以上吊的结，然后搬来几块砖垫脚，然后把头放了进去。

我闭上眼，蹬掉了砖，尼龙绳勒住我的颈部动脉，不到五秒，我就觉得脑部供氧不足，眼前一黑，呼吸困难。

然后有人把我救了。

一个四十岁左右的中年男子。

我："为什么救我。"

中年男："为什么自杀。"

我："重病，活不久，不如痛快死。"

中年男："给你介绍个医生。"

我："我还没说什么病。"

中年男："不重要。"

说完，他给了我一张卡片，上面只有一个地址，其他什么都没有。

我是不是被骗了？

但我又觉得，一个将死之人，有什么好骗的。

于是我下午就去了那个地方。

旧城区废弃招待所，四楼。

医生给我一张符，说："找一个爱你的人，然后把一张符贴在他身上，这样他就少活一年，而你就能多活一年。想活十年就贴十张，以此类推。"

我问医生："我必须要伤害爱我的人，才能保全我自己？为什么这么残忍？"

医生："看起来很残忍是不是？可是我们不总是在伤害那些爱我们的人吗？我们跟父母斗气，我们跟爱人冷战，我们对孩子不耐烦，不都是为了照顾你自己的那些小情绪吗？"

我突然觉得很有道理。的确，我们总是习惯于伤害家人。

我们在工作上笑脸迎人点头哈腰，再大的委屈也能自我调节，美其名曰：专业。

可是我们对家人却总是不耐烦。

其实原理很简单，因为外人不会真正爱我，一旦有裂痕就很难甚至不可能修补。

而家人爱我，就算我伤害他们，也有大把机会去修补裂痕。

这就是为什么我们总是习惯伤害爱我们的人，只是因为修复裂痕的成本低。

有点讽刺，仿佛爱你的人都活该被伤害。

我问医生："你是谁？"

医生："我是神。"

我："证明给我看。"

医生："神不屑于证明自己是神。"

我："那我怎么才能相信你这符是真的有效。"

医生："神不在乎你信不信。"

我拿着一沓符离开了这栋楼。

然后我去了酒吧，灌了一瓶酒。

我一直在犹豫，要不要把这些符用在老婆身上。

哪怕只借她十年，反正她不知道。

可是又觉得这样不好，毕竟她是无辜的。

想到这里，我接到老婆电话："在哪呢？怎么还不回家？"

我："喝点酒，晚点回。"

老婆："又他妈喝？早点喝死算了！"

我挂掉了电话，笑了笑，突然不犹豫了。

我决定用这些符。

现在唯一不确定的是，老婆是否爱我？

如果不爱我，这符就没效果了。

试试才知道。

到家后已是深夜，老婆在床上熟睡。

如果我现在偷偷贴她身上，贴十张，我就能多活十年，而她什么都不知道。

我蹑手蹑脚走到床前，但还是发出了一点声音，老婆翻了个身，好像醒了。

她半睡半醒地对我说："电饭煲里有小米粥；床头有杯水；想吐就去马桶，别吵到孩子。"

说完又睡了。像一头河马。

我突然有点感动，她骂我归骂我，但还是会照顾我。

此时我似乎确定她是爱我的，那就意味着这些符会起效果。

我拿着符准备下手。

真到动手这一刻，我突然很想吐。

我不知道是因为酒喝多了，还是因为这件事太恶心？

去他的，这个医生是哪门子的神？神怎么会让我玩这么恶心的游戏？

我去马桶吐了。

吐完之后，我想了想，决定还是使用这个符。

我再次蹑手蹑脚走到老婆床前，拿出一张符，放在老婆手里，然后用她的手把符贴在我脑门上。

是的，我让老婆把符贴在我身上。

我不想要老婆的命了，我想把自己仅剩一年的命送给老婆。

我不是想争取人生转机吗？我不是想成功吗？

现在我做到了，我把自己剩下的生命送给了一个爱我的人，这辈子也不算是平庸无为。

想到这里，老婆又翻了个身，不知道嘟囔了一句什么，继续睡了。仍然像一头河马。

我躺在床上，等死。

我一夜未睡，第二天太阳升起时，我还没死。

看来这个符是骗人的？

过了一周，我还没死。

我去医院检查，医生说我奇迹痊愈了。

我换了三家医院，检查结果都显示我痊愈。

我去旧城区的废弃招待所找到那个医生。

我：“谢谢你。”

医生：“那是你自己的选择，你救了你自己。”

我：“但是你有没有想过，如果我是黑暗的，我可能会害死别人。”

医生：“神无法阻止一个人害另一个人，这就是为什么这个世界上有战争有犯罪。”

我：“那你存在的意义是什么？”

医生：“你不是痊愈了吗？我存在的意义，只是能给人一个选择的机会。”

很久之后，我在城郊公园也救了一个想要自杀的人，并且给了他一张医生的名片。

我始终相信，每个走投无路的人，一定还有重新选择的机会。

动机

在北京打拼多年，每当夜幕降临，疲惫的李建军都会一个人站在街头看着万家灯火。

他忍不住扪心自问："这么多房子，哪些才是真正属于我的呢？"

于是他翻开随身携带的房产证才知道 A 单元的 12 楼 13 楼 15 楼 18 楼以及旁边的两套独栋别墅是属于他的。

李建军，三十五岁，事业有成。

主要特点是有钱。

爱好是去酒吧喝酒。

有一次他失恋，去酒吧喝了很多。

朋友劝他："别喝了，酒吧里的酒可能是假的。"

李建军："反正已经没有真爱，喝点假酒又何妨？"

说完正准备一饮而尽，却突然放下杯子，

因为他看到了一个女孩。

跟其他浓妆艳抹的女人不一样，这个女孩没有浓妆艳抹。

只有五官非常精致的女孩才敢不化妆来到这个城市最火的夜店。

他心动了。

朋友似乎看出了他的心思，劝他说："你怎么分手当天就去把妹？就不能等到第二天吗？"

李建军不听，执意前往搭讪。

李建军："姑娘，你相信一见钟情吗？"

女孩摇头："不信。"

李建军："这么巧，我也不信，看来我们很有共同语言，不如你加我微信吧。"

女孩觉得这人有点意思，没忍住，笑了。

女孩："如果你再把我逗笑一次，我就加你。"

李建军说："其实你长得像我女朋友，几乎一模一样。"

女孩："有照片吗，我看看。"

李建军掏出手机，当场给女孩拍了张照片说："看，一模一样。"

女孩又笑了："你怎么这么幽默？"

李建军："因为我经常在微博上看著名幽默搞笑大王银教授的段子，所以自己竟也变得幽默起来。"

女孩随即掏出手机关注了银教授，然后顺便加了李建军的微信。

完成这一切后，李建军突然说："我有事先走了。"

这是李建军的套路，他并没有趁热打铁，而是见好就收。

很多人在夜店恨不得当晚就把妹子带回家。

但李建军不会这么做，他太懂得在夜店把妹的节奏。

初次聊天，要让对方觉得意犹未尽，这样可以提高第二次见面的概率。

李建军打电话让司机送自己回家。

躲得过对酒当歌的夜，躲不过四下无人的街。

坐在车里，李建军突然哭了。

他擅长把别人逗笑，却无法让自己开心。

他哭着问司机小王："你觉得爱情值多少钱？"

"十五元！"车窗外传来停车费的自动报价声。

李建军听到后哭得更厉害，边哭边问小王："你说钱到底有什么用？"

小王冷静地说："钱可以交停车费。"

李建军说："那还挺有用的，至少比爱情有用。"

小王："老板别磨叽了，快给我十五块钱交费。"

"好的。"李建军边说边掏钱包，却发现钱包不见了，"我钱包不见了。"

小王："又想让我交？以前帮你垫了那么多次，你从来不还我。想不到你是这种老板。"

李建军："钱包真的不见了。"

李建军仔细回忆，觉得最有可能的是他在掏手机给女孩拍照时，把钱包掉地上了。

他正准备联系女孩，就收到了女孩的消息："你钱包掉了。"

李建军回复："要不约个时间，你带过来给我，我也正好请你吃个饭。"

司机小王："大家都没带钱，那停车费怎么办？"

李建军："好办。"

说完，李建军翻开随身携带的一摞房产证，随便抽了一本抵押在了停车场的收费处。

有钱真好。

后来，李建军跟女孩约了几次饭。

几次接触下来，李建军对这个女孩的喜爱，不仅仅是停留在样貌上了。

他想跟她交往。

这个女孩，叫张乃霞，二十三岁，一家公司的前台。

主要特点是美。交过很多男朋友。

但李建军不介意她的过去。

当一个人对自己的将来有足够的信心，便不会在乎另一个人的过去。

李建军打算表白了。

有一次吃饭后，李建军送张乃霞回家。

到达地点后，张乃霞打开车门准备下车。

李建军："等下，你觉得暗恋一个人，有必要表白吗？"

张乃霞："暗恋一个人不要着急表白，不妨把这份美好藏在心里，过段时间，说不定就会暗恋其他人了。"

李建军："你这话很有逻辑，但是我觉得感情的事是没有逻辑的，所以我不认同你的话。我决定对你表白，你愿意当我女朋友吗？"

张乃霞："不愿意。"

李建军："为什么？"

张乃霞："因为我喜欢跳健美操。"

李建军："你这话没逻辑啊。"

张乃霞："如你所说，感情的事是没有逻辑的。"

之后的一周，李建军都没有再联系张乃霞。

表白失败后不适合穷追猛打，要冷却。

这个冷却的时间，李建军认为一周比较合适。

时间太短，怕显得猴急。

时间太长，怕热度冷却。

一周后，李建军又约张乃霞出来，喝了杯咖啡。

李建军开门见山："我特别想知道，你为什么不喜欢我。"

张乃霞："你是不是觉得，像你这种人，长得帅又有钱，就该被女孩喜欢。”

李建军：“是的。”

张乃霞：“但我只喜欢年轻的。”

李建军：“我有一颗年轻的心。”

张乃霞：“年轻人永远不会说自己有一颗年轻的心，你老了。”

李建军：“你真的对我没感觉？”

张乃霞：“没有。”

李建军：“我知道了。那我们能当朋友吗？”

张乃霞：“可以。”

李建军：“既然你不喜欢我，那为什么还跟我约这么多次饭，难道就只是为了跟我交朋友？”

张乃霞：“是的。既然大家都是朋友的话，我有件事要跟你说，最近我在兼职做保险，有一款终身保障的重大疾病保险，我给你介绍一下……”

重来

有人说，爱一个人，自己知道就行。

还有人说，爱一个人就要让全世界都知道。

不管用什么方式，一定有自己的理由，只要爱对了人，方式不重要。

李建军和张乃霞，大学毕业后都来到杭州。

张乃霞在一家外资企业上班，李建军选择创业（其实是没找到工作）。

张乃霞的工作环境在甲级写字楼，光鲜亮丽，越来越渴望融入杭州这座城市。

李建军借宿在同学家里，号称创业，但没人知道他在干什么，城市的繁华与他无关。

两个人也经常约会。因为校园爱情变成了城市爱情，两人都不习惯，感情开始出现微妙的变化。

有人给张乃霞介绍对象。成熟帅气多金。

张乃霞拒绝，她觉得自己不是那种人。

直到两人有一次约会时吵架。

那天约会，一位成熟帅气多金男，开跑车顺了张乃霞一程。

而李建军迟到一个多小时，因为乘坐的公交车半途坏了，换车又坐错了公交。

张乃霞看着浑身是汗的狼狈的李建军，又想起了开跑车的多金男。

内心的情绪被点燃了，两人大吵一架。

张乃霞一晚没睡，第二天跟李建军分手。

也许张乃霞早就想分，只是缺少一个契机，仿佛一个人想跳崖，将跳不跳时，就需要有人推一把。

分手后，李建军认为自己败在了事业上。

李建军算不上穷人，就是普通人。

但是这个纸醉金迷的城市只有两种人：有钱人和没钱人，没有普通人。

李建军继续创业。九年后，他挣了很多钱，很多。

他变成了一个成熟帅气多金的男人，已经能游走在夜店带走他想带走的女孩。

也经常有人给他介绍对象，包括刚毕业的小姑娘。

他看着那些小姑娘，想起九年前，抢走张乃霞的那个男人，是不是也是这么看着张乃霞？

有句老话说得好：我们总有一天会变成自己最讨厌的人。

他拒绝了很多所谓的相亲。说是没时间。

但其实是因为他有一个心结，这个心结就是张乃霞。

这几年他们没有联系。不知道她过得怎么样。

李建军的秘书说可以去打听一下。李建军说算了我自己打听吧。

当晚，李建军在这个城市最高楼的楼体上打出了滚动LED广告："张乃霞，明晚八点，老地方见。"

秘书："不会有重名的吧？"

李建军："你觉得叫张乃霞这个名字的，会有第二个吗？"

秘书：“那她也未必能看到。”

李建军：“感情的事，本来就靠缘分。有些事，不抱期望就不会失望。我只是想见，就算见不到，全世界也知道有人想见她。够了。”

第二天，李建军在一家甜品店等张乃霞。

这家甜品店，是他们以前约会和分手的地方。

张乃霞来了。她看起来过得很好。

张乃霞：“我离婚了。”

李建军：“嫁我好吗？”

张乃霞：“好。”

大家都很忙，没有时间绕圈子。

如果分手只须说一句“我们分手吧”，那么结婚为何不能只说一句“嫁我好吗”？

张乃霞：“高楼 LED 播放，你太高调了。”

李建军：“我低调了二十几年，想高调了。关于我想你这件事，我要让全世界都知道。”

张乃霞：“你不恨我吗。”

李建军：“恨。”

张乃霞：“那为什么还愿意娶我。”

李建军：“抽烟有害健康，但我还是要抽。”

张乃霞：“爱一个人，也可以用低调的方式。”

李建军：“比如？”

张乃霞：“你创办公司后第一个季度就做了六单大业务，有没有想过为什么这么顺？”

李建军：“有话直说。”

张乃霞:“你这些生意都是我一手暗中帮你安排的。九年了,没人知道。这就是低调。”

李建军：“你有这么大能耐？”

张乃霞：“我嫁过去三年，离婚后得到了财产和一部分生意。我有实力。”

李建军沉默。

张乃霞：“我知道你一直以为完全靠自己白手起家，现在知道这些，希望你不要觉得羞耻。”

李建军：“为什么要帮我。”

张乃霞：“觉得亏欠。”

李建军：“亏欠？我以为是爱。”

张乃霞：“爱一个人才会有这种亏欠感，否则谁在乎你的死活。”

李建军：“为什么离婚。”

张乃霞：“那场婚姻是个错误，不能一错再错。”

李建军：“你怎么知道跟我结婚就不是一个错误？”

张乃霞：“我不知道。人活着，便是试错。只不过有些值得试，有些不值得。我有很多房子,只是缺一个家,我想和你一起组建,就是这样。”

李建军：“挑个日子去领证吧，我们坐公交去，就坐九年前害我迟到导致分手的那路公交。”

张乃霞：“嗯。我们这算是忆苦思甜吗？”

李建军：“算。没钱的时候最讨厌坐公交，现在过得好了，反而怀念公交。”

世界很残酷，过得不好的人，连忆苦思甜的资格都没有。

愿每个人都有资格忆苦思甜，如果你曾经苦过。

白头偕老的真相

李建军和张乃霞，是夫妻。

所谓七年之痒，似乎是每段婚姻都会出现的问题。

但是他们却没有经历过七年之痒。

为什么？

因为结婚还不满七年。

很多人把婚姻危机归结于缺乏激情，

其实婚姻最大的挑战不在于追求激情，而在于容忍平淡。

激情是一道好吃的菜，满嘴流油，回味无穷。

但是一道菜再好吃，也经不起每天吃。

一开始是吃到吐，后来是看到就吐，最后是听到就吐。

一段成功的婚姻应该像大米：离不开，吃不腻。

乍一听很简单，其实讲究得很。

首先，用米做成的食物，花样就很多：米饭、米粉、米饼、米糕、河粉等。

每种的做法又有很多讲究。

比如米饭，两百块钱的电饭煲，跟三万多块钱的电饭煲，做出来的饭，吃起来肯定不一样。

一般来说，越贵的电饭煲，吃起来就越开心。

为什么？

因为肯花三万多块钱买电饭煲的，通常是有钱人，而有钱人通常会更开心一点。

看，这就是蕴藏在生活中的小哲理。

有人问："难道有钱人就没有烦恼吗？"

肯定有。

李建军的朋友马大丸，经常因为钱多得花不出去而烦恼。

所以，人的烦恼都是莫名其妙的。

为什么爱情的巨轮说翻就翻？

因为吵架也都是莫名其妙的。

哪怕看电视也能吵起来。

有一次电视里在播放婚外情的剧情。

张乃霞随口说了一句："你是不是也在外面有人？"

李建军说："我这么穷，怎么可能在外面有人？"

张乃霞："哼，穷有穷的搞法。站街的还有五十块钱的呢。"

李建军："如果我搞五十块钱的，那只能说明一个问题，你还不如五十块钱的。"

张乃霞一听就炸了："那我值多少？你把话说清楚！"

李建军："给我下套？我又不了解行情，我咋知道你值多少钱？"

张乃霞："你一眼就能看出来我给你下套，说明你早有防备。为什么你早有防备？因为你做贼心虚。"

李建军竟无法反驳，只能蹦出一句：“虚你奶奶个腿！”

……

就“张乃霞值多少钱一夜”这个话题，两个人吵了一个小时。

诸如此类的吵架，经常发生。

翻脸来得太快，就像龙卷风。

其实都是鸡毛蒜皮的小事。

还有比这更鸡毛蒜皮的吗？

有。

还是因为电视剧。

有一次李建军在电视剧里看到这样的桥段：

夫妻俩吵架，男的对女的说：“你要什么我给你买什么！难道我对你还不够好吗？”

（说完，男的坐在价值两百多万的沙发上生气）。

然后女的开始哭着摇头（差点把价值连城的耳环摇落）说：“有什么用？我只要你关心我！哪怕我感冒时你让我多喝点热水啊！”

李建军深受启发。

有一次张乃霞感冒了，李建军给她发了条消息：“多喝点热水。”

张乃霞回复：“有什么用？除了让我喝热水，你还有啥能耐？喝喝喝，喝你奶奶个腿！”

李建军这才发现，张乃霞跟阔太太不同。

阔太太什么都不缺，就缺一杯热水的关心。

张乃霞什么都没有，而李建军却只给得起一杯热水。

然后两个人为此开始吵架。

白天时，两个人上班，QQ 在线吵。

下班后，两个人回家，在线下吵。

吵完后，李建军夺门而出，上街散心。

不知不觉，李建军走到家附近的公园。

这个公园是李建军和张乃霞相遇的地方。

当年他们都坐在一张长椅上休息，认识了彼此。

李建军往那张长椅走去。

发现长椅上坐了一对白发苍苍的老人。

路灯下，只见老太太依偎在老头怀里，

两个人谈笑风生。

老头似乎在不停地讲笑话逗老太太笑。

看得出来，这个老头非常因吹斯汀。

这个画面太美好，真的可以用“执子之手与子偕老”来形容。

什么样的婚姻，能如此美满，以至于两个人满头白发时还能像热恋中的一对？

李建军突然很羡慕这对老人，同样一张椅子，一定被很多夫妻坐过，但是又有多少对夫妻能一起走到最后？

沉思中，李建军发现不远处有个人影，定睛一看，发现张乃霞也在看着这对老人。

原来张乃霞也出门散心，是缘分让他们再一次在这里相遇。

目光相遇，也许是一种默契，两人淡然一笑。

刚才吵架的一切仇恨突然都放下了。

两人走到一起，牵着手。

其实本来就没什么好吵的，有些事情其实根本没有对错，只是每个人都想争赢罢了。

张乃霞牵着李建军的手说："刚才那对老人真幸福。"

李建军："是啊，如果有些婚姻一定能美满地走到最后，为什么不能是我们俩呢？"

公园小道上，两人幸福地依偎在一起，像极了长椅上的那对老人。

因为这对美满的老人，两个人又开始相信婚姻了。

而此刻，长椅上，老头凑到老太耳边说了句悄悄话："走吧，这里还是人太多，万一被你老公发现我们在这里就惨了。"

保安

李建军，山里的孩子。高中毕业后就去城市闯荡。

闯荡了三年，从没回过家。

家里的山里很美，但他不留恋，因为这个地方太穷，家人也早已不在人世。

而前几天，他回家了。

如果说这个地方有什么唯一值得留恋的，那就是张乃霞。

李建军跟张乃霞青梅竹马。

李建军这次回来，是因为听说张乃霞要结婚了。

他心头一沉。

他不甘心。

世界上有三件事能让人心头一沉。

一件是突然得知自己患上癌症，另一件是得知心上人要结婚。

前者顶多难过几年，反正会死。

后者要难过很多年，生不如死。

“其实你不嫁给我也没关系，我只是怕你嫁给别人过得不好。”李建军在心里说。

哦对了，前面只说了两件让人心头一沉的事，那么第三件是什么？

是没有放下马桶圈而一屁股坐马桶上。

考虑到与主题关系不大，这里就不展开说。

李建军第一时间回老家，回去后就立即找到张乃霞。

李建军：“听说你要嫁人。”

张乃霞：“你消息真灵通。”

李建军：“你都发朋友圈了，谁不知道？”

张乃霞：“是啊，要嫁了。”

李建军：“别嫁。”

张乃霞：“天要下雨，老娘要嫁人。我没得选。”

李建军：“下雨可以打伞，嫁人可以嫁我。你永远有得选。”

张乃霞：“对方是县养猪场场长的儿子，条件好。”

李建军：“我在大城市混了三年，条件也不差。”

张乃霞：“你在大城市做什么？”

李建军：“我……我在大公司做会计。我可以养你。”

张乃霞：“感觉很高级。”

李建军：“当然。”

其实，李建军是在当保安。

也许是好胜，也许是自卑，一脱口就撒了个谎。

张乃霞：“那边愿意出三万块礼金，我家等着这笔钱修猪圈。”

李建军从包里掏出一沓钱："我有四万。跟我走。"

张乃霞不知道这是李建军三年的存款。

张乃霞："你把我当什么？我跟你谈情感，你跟我谈钱？"

李建军："我可以把钱给任何人，但我为什么只选择给你？因为我只跟你谈感情。"

张乃霞露出一丝幸福的微笑。极其难以察觉。

但被李建军察觉到了。

李建军："把你手机给我。"

张乃霞："干什么？"

李建军："证明一件事。"

张乃霞把手机递给李建军。

李建军打开张乃霞的朋友圈，翻到了那条状态："我要结婚了。"

李建军："你这条状态是分组可见，而这个分组里，只有我一个人。你是故意让我看到，让我回来带你走。"

张乃霞不说话。

李建军："没想到你是这样的心机婊。"

张乃霞脸红。

李建军："收拾行李，今晚就走。"

张乃霞："太仓促了。"

李建军："时间就是金钱，效率就是生命。"

李建军把张乃霞带到了大城市。

李建军很开心，但他有件事还瞒着张乃霞，

那就是，他明明是保安，却撒谎是会计。

为了实现“我养你”三个字，

李建军让张乃霞在家洗衣做饭，自己每天穿着西服去上班。

他是写字楼的保安，每天要穿西服的。

如果不是站在门口点头哈腰，他看上去还真像个白领。

李建军不太喜欢保安这个职业。

虽然说职业不分高低贵贱，但如果能有机会在写字楼里吹空调坐办公室，谁又愿意站在楼下风吹日晒。

工资低，没有成就感。

人的一生有很多不甘。

有些可以突破，有些却不知路在何方。

一想到自己可能当一辈子保安，李建军就很焦虑。

自己苦一点没关系，但是张乃霞怎么办?

要不要跟她坦白自己其实只是个小保安?

如果坦白了，张乃霞还会跟他吗?

“算了，还是先撑着吧，万一彩票中奖了呢？”

李建军想到这里，嘴角露出一丝苦笑。

“李建军，过来。”保安队长叫他。

保安队长：“4 月 13 号，公司举办一个大型发布会，你在场馆门口维持秩序。”

李建军：“有补贴吗？”

保安队长：“有。”

李建军很开心。有补贴意味着可以多赚几顿饭钱。

很快就到了 13 号。

李建军在场馆门口站岗。

公司安排了几个吉祥物戴着厚厚的头套站在场馆门口，活跃气氛。

现场热闹非凡。

有个吉祥物摘掉了厚厚的头套，李建军看到这个人有点眼熟。

是张乃霞。

张乃霞也看到了李建军。

这就有点尴尬了。

张乃霞朝李建军走了过来。

李建军脸憋得通红。

显然，他的写字楼白领的谎言被识破了。

李建军：“你……”

张乃霞：“我来兼职的。”

李建军：“我……”

张乃霞：“你是保安。我早就知道了。”

李建军：“怎么知道的？”

张乃霞：“那天你给我的那四万块，里面夹着你的一张工资条，上面有你的姓名、岗位、工资。”

李建军：“你知道我当保安没钱，为什么还愿意跟我走？”

张乃霞：“你把我当什么？我跟你谈情感，你跟我谈钱？”

李建军：“像你这样不看重钱的女孩已经不多了。”

张乃霞：“放屁，我也很看重钱。但我更看重那个看重我的人。”

说完张乃霞戴上吉祥物头套，继续工作去了。

有人说谎，是因为爱；而有人不揭穿，也是因为爱。

偷窥

我是李建军。
一个月前，
我在偷窥对面那栋楼的一个女孩，
本想偷拍女孩的私密生活视频，
却拍到一位快递员入室杀死女孩的画面，
截止到目前，还没破案。

我没有跟任何人提起这件事，
而且我也不想把视频交给警方，
因为不想暴露自己的偷窥癖好。
只是从那以后，每当有人敲门。
我都要小心翼翼地问：“谁啊？”
如果门外的回答是“快递！”我就特别害怕。
今天在外面吃完晚饭回家，刚抽完半根烟，就听到有人敲门。
“谁啊？”
“别怕，不是快递。”

爱哭鬼

人活着这么辛苦，为什么还要活着？

是为了比一比谁更不辛苦，如果你的辛苦程度比别人低，嘻嘻，瞬间就开心了有没有？

就拿李建军来说，一场车祸，李建军失去了双腿，很辛苦了对吧？但是他的同学王褶容，失去了双亲。每次想到这里李建军都忍不住笑出声。

如果你的人生都忍不住笑出声了，试问你还想死吗？一般都不会。

但也有人因为太辛苦而想自杀的，有一次我在天台抽烟，看到一个女孩站在天台上打算跳楼，我问：“你为什么跳楼？是感情不顺吗？”

女孩说：“女孩的心思男孩你别猜。”

如果一个女孩说“女孩的心思男孩你别猜”，那么肯定有感情问题。

我问：“你可以告诉是什么事情吗？说不定我可以帮你。”

女孩叙述了事情的经过：

就在刚才，她和男友吵架。

女孩对男孩说："你根本不知道我在想什么！"

男孩："你不说我怎么知道？"

女孩："你不会猜吗？"

男孩："那我猜猜。"

女孩："女孩的心思男孩你别猜！"

我："然后呢？"

女孩："然后他沉默。于是我就想死了，因为我最怕空气突然安静。"

我："我觉得想死的应该是你男友。他人呢？"

女孩："在楼下。"

我："为什么不上来？"

女孩："刚跳下去。"

我："那你为什么要跳呢？"

女孩："我想和他双宿双飞。"

我："人都死了，只能单飞了。"

女孩："嘻嘻，真幽默。你有对象吗？"

我："没有。"

女孩："那你怎么还不去死？"

我："死了也没有对象，那我为什么要去死。"

女孩："也不是没有道理。"

我："不过有时候的确想死。一个人久了，什么事都是自己做，就算自焚连个递打火机的人都没有，太苦了。"

女孩："是的，我现在想跳楼，连个推我的人都没有。"

我："要不我推你一把？"

女孩："好呀！"

于是我把手放在女孩腰间。
女孩咯咯咯笑了，她说：“不能放这里，太痒了，我会笑的。”
我：“笑不好吗？可以含笑九泉。”
女孩：“我笑起来不好看。”
我：“不，你笑起来很美。”
女孩：“谢谢你。你真好。我男朋友从来没夸过我。”
我：“开心吗？”
女孩：“开心。现在我又不想死了。我觉得只要还能开心，就没必要死。”

我叹了口气。

女孩：“叹气干什么？”
我：“你已经死了。”
女孩：“什么意思？”

我：三年前我在这里跳楼，跳完我就变成了鬼。
人在刚变成鬼时，并不知道自己是鬼，所以我以为自己还没死。
当时我站在天台上，看着太阳升起，突然不想死了。
于是我就下楼回家。
回家后，我发现大家都看不到我，无论我跟谁说话，都没人理我。
我对着我的亲人大喊大叫，声嘶力竭，但我好像是一团空气。
那种无力感你知道吗？就是用尽所有的力气却没有任何作用。
后来我才意识到，我已经死了。

听完我的话，这个女孩继续哭。
哭了很久很久都没有停下来，也许她就是传说中的爱哭鬼吧。

这三年来，我见过很多自杀而死的鬼魂，大多数都很后悔。

活得不开心，可以换一种活法。

但是死得不开心，就没法重新死了。

绑架

李建军，侦探。

一天，张乃霞来报案，说自己儿子被绑架了。对方不让报警，所以只能找侦探帮忙。

李建军：“你儿子多大？”

张乃霞：“九个月。”

李建军：“这么小！”

张乃霞：“也不小，都做完阉割手术了。”

李建军：“？”

张乃霞：“是条哈士奇。”

李建军：“不接。”

张乃霞：“不喜欢狗？”

李建军：“喜欢狗，只是不喜欢哈士奇罢了。这种蠢货，不救也罢。”

张乃霞：“重酬。”

李建军：“我接。价格十万。”

张乃霞：“对方才勒索一万。”

李建军：“那我收八千。”

张乃霞："感觉你也在勒索。"

李建军："怎么会？绑匪勒索一万，我只收你八千，你赚两千。你都赚两千了，你还说我勒索？你是不是人？"

张乃霞："有道理。"

正在此时，绑匪给张乃霞来电话。

李建军一把抢过电话："喂？"

绑匪："谁。"

李建军："侦探李建军，是张乃霞的谈判代表。"

绑匪："没什么好谈的。"

李建军："这个世界有很多好谈的，比如恋爱。"

绑匪："别说了！"

李建军："这位小伙子，我一听就知道你曾受过恋爱的伤。"

绑匪："不要说了！我不听！"

李建军："我也受过恋爱伤，我们都是单身狗，狗子何必为难狗子。听我的，把狗质放了。"

绑匪："别说，再说我就撕狗。"

李建军略做停顿："我不说。那你有什么想说的吗？我是一个倾听者。"

绑匪沉默半晌："谢谢。终于有人肯听我说话了。"

李建军："请说出你的故事。"

绑匪："我生活不如意，一直不开心，身边所有人都劝我乐观一点，但从来没人问我为什么不开心。"

李建军："我懂，没钱就是会不开心。"

绑匪："你错了，我有钱，但我仍然不开心。"

李建军："不会吧？难道有钱也不幸福？"

绑匪："有钱是否幸福，有钱人才知道，所以你不懂。"

李建军："哦。除了钱，你还有什么？"

绑匪："我还有幻想症，比如我总是幻想自己是个有钱人。"

李建军："搞半天其实你没钱。"

绑匪："是啊。要不然我为什么绑架狗。"

李建军："大家都是穷人，有空请你喝一杯。我看你也是条汉子，不要欺负狗了。"

绑匪："也不是不行，可绑都绑了，一分钱不收就这么放了，我以后在绑狗界怎么立足。"

李建军："要不商量一下，别把赎金弄那么高。"

绑匪："多少？"

李建军："这样，喜迎双十二，年底大促销，你给打个折，就收六千六百六十六。老铁 666 嘛。"

绑匪："我想想。"

此时张乃霞在旁边炸了，大骂李建军："搞什么？我给绑匪六千多，再给你八千，我一共支出一万四千多，还不如从一开始就直接给绑匪一万。"

张乃霞的骂声通过电话传到绑匪耳里。

绑匪让张乃霞接电话。

绑匪："张乃霞，你给侦探八千？却只给我六千？还有没有公平和正义可言？"

张乃霞："对不起。"

李建军骂张乃霞："废物，你怎么能对绑匪道歉？"

说完一把抢过电话对绑匪说："实在不好意思，我的当事人不懂事。

你重新开个价。”

绑匪：“我要两万。加上被哈士奇咬坏的沙发，一共两万六。”

李建军：“我要先听听狗质的声音，确保它还活着。”

绑匪：“狗睡了。”

李建军：“叫醒它。”

绑匪：“狗在装睡，你永远叫不醒一个装睡的狗。”

李建军：“那就等狗不装睡了，再让它叫两声。”

绑匪：“行。”

李建军：“那就先这样吧，我先挂了。”

李建军打算先挂掉电话再想对策。

绑匪却说：“不要！”

李建军：“嗯？”

绑匪：“陪我聊聊天。你知道我不开心的，你能逗我开心吗？”

李建军：“能，我给你念念著名幽默搞笑大王银教授的段子。”

接下来的时光，天黑了又亮，李建军给绑匪念了十五个小时的银教授的段子。

绑匪最终口吐白沫晕倒在地。

李建军根据手机定位找到了绑架狗的地点，成功把狗营救出来。

奇葩老板

我是李建军，我曾在一家私营地产公司给老板当助理。

老板，男四十五岁未婚。有点贱、有点自恋。

有一次我找他请假。

我：“ 我想请一周假。”

老板：“为什么。”

我：“实不相瞒，最近在追一个女孩，想请个假，以便集中火力追到手。”

老板：“请假追女孩？我看你是请假打游戏的吧？”

我：“我打游戏还用请假？上班时间照打。我是真要追求一个女孩。”

老板：“好事，我为你高兴。要不我给你更长的假期吧？”

我：“太好了吧！”

老板：“就你这条件，一周时间肯定追不到，我给你放一辈子的假。”

我：“……”

我怀疑老板有神经病，如果他不把话说完，我永远不知道后面有什么反转。

眼看请假的事要黄，但我不放弃，正在想其他借口。

老板说："你追的是那个在 ×× 银行的女孩子吧？"

我："你咋知道？"

老板："我建议你不要请假，因为下周我要出差去那家银行，你跟我一起去，正好可以在她面前施展才华。"

我一听，好像也有道理。于是我就决定跟他出差。

那是我做的一个错误的决定。

出差那天，我坐在老板豪车里感慨："希望有朝一日，我也能开上豪车。"

"只要你努力工作，为公司做出更大的贡献，"老板喝了口矿泉水，继续说，"我就把我的豪车借你开一次。"

？？？

哪有老板这么鼓励员工的？

为了撇开这个尴尬话题，我随便问了句："你是怎么挣到第一桶金的？"

我以为他会像其他成功人士一样，侃侃而谈他的辉煌创业史。

没想到他只是简单说了句："命好。"

我附和："看来我也要找个大师给我算命了。"

老板："我不相信大师算命。"

看来没附和到位，我重新附和："你是说命运应该掌握在自己手中？"

老板："我信科学，所以我用电脑算命。"

我："……"

老板掏出他的笔记本电脑："我给你算算。"

他打开电脑，桌面是金光灿灿的如来佛。

我：“不是信科学吗，为什么用如来佛当壁纸？”

老板：“你不懂，科学之所以能发展，正是因为有佛主的保佑。”

我：“……”

老板：“把你的生辰八字告诉我。”

眼看越来越扯，我赶紧拒绝：“还是不了吧，我想把命运掌握在自己手中。”

老板：“命运一半在你手中，一半在上帝手中。”

我：“你不是信佛祖吗，怎么又上帝了？”

老板：“差不多，他们和我一样，都是神。”

一句“他们和我一样都是神”Shock到我了，我没见过谁能装得这么无缝衔接。

这时他接到一个电话，忙其他的事情去了，否则我真不知道怎么接话。

两个小时车程后，我们入住了酒店。

半夜我睡着时，被老板敲门声叫醒：“把你电脑给我，我检查一下你明天要讲的PPT。”

我心想，老板真是敬业，但吵我睡觉还是挺烦的，等下他归还电脑，会不会再吵醒我一次？

我只好未雨绸缪，说道：“等下电脑就不用还给我了，明天直接带过去就行。”

这次出差是去一家银行，为新的地产项目找贷款，我负责演示PPT。

第二天到了银行，会议室坐了十几个人，其中有一个就是我想追的妹子。

我心里有些小激动，终于有机会在妹子面前展示我的才华了。

我把电脑连上投影仪，打开电脑，输入待机密码，啪一声自信地敲击回车键，发现浏览器的搜索框内赫然写着：“如何治疗痔疮。”

此刻，我发现所有人都盯着投影幕布看。

这一定是老板昨天借我电脑时搜的忘记关了。

好了，现在全世界都认为我有痔疮了。

我：“这个……”

老板：“阿银，今天这个 PPT，你就站着讲吧。”

本来大家都装作没看到，而老板的一句“站着讲”，给了我致命一击。

会议室传来一阵低笑，是那种忍了很久才迸发出来的笑。

我偷看了一眼我喜欢的妹子，发现她的表情难以言述。

挺长一段时间以来，我一直在妹子面前扮演一个文艺男青年的形象。

现在因为痔疮的闯入，画风不对了。

好在我脸皮还算厚，PPT 的讲演挺顺利。

晚上跟银行的人喝酒，老板对我耳语：“今晚你要把行长喝高兴了，这是任务。”

我：“行长是两斤的量，我搞不定。”

老板：“没事，你按你的酒量喝就行。”

我的酒量最多只有八两，没办法，硬着头皮上。

后来我喝了估计有一斤，快挂了。

最后行长握着老板的手说：“你小弟阿银不错，是我见过的最努力的青年，得了痔疮还喝得这么拼，今天我很开心！很感动！很到位！”

老板一脸心疼的样子：“唉！我都劝他不要喝，他非要喝，说一定要把您陪好！我有什么办法呢？我现在就是担心他明天会血崩。”

行长：“不容易！这小伙子不容易！你们都不容易！”

老板：“你知道我们不容易就好，工作上的事情还要多关照关照。”

行长眉毛一挑，说了意味深长的三个字：“你放心。”

第二天，听说贷款的事基本搞定。

回去的车上，我问老板：“您，真的有痔疮？”

老板：“没有。”

我：“那你为什么用我的电脑搜痔疮？”

老板：“我故意陷害你的，是为了让他们相信你有痔疮，这样你喝酒就更有诚意。人生如戏，最好的演技是不知道自己在演戏。”

此刻我整个人都是蒙的，为了事业，我竟然被迫得了痔疮，在最喜欢的女生面前遭遇了形象危机。

回去的路上，我一言不发。此时此刻，唯一能够让我忘却残酷现实的，可能也只有打游戏一个办法了。于是我掏出手机，刚登录游戏就收到一条消息，是银行的那个妹子发给我的：“又上线？不要太沉迷这个游戏啦，久坐伤身，多出去走走，对痔疮也好一点哦。”

忘记

李寻欢不止飞刀快，轻功也很快。

他以为只要走得足够快，寂寞就追不上他，没想到，寂寞却在前面等他。

寂寞的人，总爱喝酒。

喝酒可以让你忘记一个人，但是清醒过来，却发现想念又深了一层。

逃离有时就是追赶，你越想忘记，就越容易记起。

难怪有人说，忘记一个人最好的办法，就是不停地喝酒。

只是后来，他发现喝酒也无法忘记一个人。

那个人，就是林诗音。

李寻欢为了成全他的兄弟龙啸云，把林诗音拱手相让。

龙啸云第一次见到林诗音时，并不知道她和李寻欢已有婚约。

于是他爱上了她，从此茶饭不思，形销骨立。只有和林诗音在一起，他才能活下来。

李寻欢面临一个选择：要不要把林诗音让给他?

如果不让，兄弟会死。如果让了，自己生不如死。

最终，他还是让了。

这笔账，他是这么算的。

龙啸云救过他的命，所以他欠他一条命。

林诗音就是李寻欢的命。

让出林诗音，一命还一命。

但是爱情不是你想让，想让就能让。

因为林诗音忘不掉他。

为了让林诗音忘记自己，他终日纵情酒色，浪子不归。

但林诗音还是无法忘记他。

每次林诗音找他，他都说自己很忙。

没有人知道他在忙什么，只有他自己知道，他在忙着忘记她。

其实感情的事，他很健忘，他已经忘记了如何才能忘记。

终于有一天，林诗音在怡红院里找到了李寻欢。

林诗音："你怎么不喜欢我了？"

李寻欢："看我名字就知道，我这辈子就是寻欢的命。"

林诗音："你曾说过，我就是你的欢，你为何还去别处寻欢。"

李寻欢："人是会变的。你走吧。"

林诗音："我不走，除非你陪我去楼下捉迷藏。你躲，我找。"

李寻欢："行吧。"

玩了几局，林诗音每次都能找到李寻欢。

林诗音说："你知道你为什么藏不住吗？"

李寻欢：“为什么？”

林诗音：“因为喜欢一个人是藏不住的。”

李寻欢心里一惊，但仍然故作镇定：“你可拉倒吧。”

说完李寻欢一个轻功，消失不见。

当你忘不掉一个人，唯一能做的就是逃避。

那晚，他喝了一夜的酒。

天亮时，他做了一个决定：如果我忘不掉她，那就想办法让她忘记我。

但是如何让一个女人忘记自己？

他想了一些办法，比如自己服毒自杀？不行，那林诗音可能会难过一辈子。

比如一掌把林诗音打成傻子？也不行，她已经够傻了，不能让龙啸云娶一个更傻的女人。

最后，他想到了一个办法：给林诗音洗脑。

可是如何洗脑呢？

这还得从他的飞刀说起。小李飞刀例无虚发，因为没有人能接得住一把超过光速的刀。

而江湖上，也从来没有人捡到过他的飞刀。

为什么？

当飞刀足够快，超过光速，便会形成时空扭曲，形成一个虫洞，继而穿越到另一个时代。

每一把刀飞出去，最后都去了另一个空间，消失了。

泼出去的刀，他连盆都不要。

可是这跟盆有什么关系？因为他用盆子装刀，没想到吧？

那这跟洗脑有什么关系呢?

李寻欢趁飞刀形成时空扭曲，带林诗音穿越到 2028 年，做了记忆删除手术。

李寻欢没有做这个手术，因为他不想忘记林诗音，他以后还想看到她开心的样子。喜欢一个人，就是想让她开心——

“我什么都可以不好，只要你开心就好。”

林诗音从此和龙啸云过上了幸福的生活。只是李寻欢留下了遗憾。

他愿意把心爱的人拱手相让，其实还有一个原因：他有一次穿越到未来，发现林诗音注定不属于自己。长痛不如短痛，所以只能离开。

林诗音和龙啸天结婚的那天，李寻欢也去了。

李寻欢好酒，那天喝得很开心。

因为兄弟开心了，最喜欢的女孩也开心了，自己没理由不开心。他开心得像条小狗。

林诗音看到李寻欢，却不记得他是谁，她说：“你看那个人，好像一条狗啊。”

李寻欢听到了，随即配合道：“汪汪！”

林诗音笑：“哈哈，如果我也有这么一条可爱的小狗就好了！”

李寻欢后来去关外过上了田园牧歌的生活。关外很冷清，但是当一个人内心孤独时，就无所谓外界是热闹还是冷清。

每个人都有想忘记的人，但真当你有机会去忘记时，你可能也会像李寻欢一样，不会选择轻易忘记。

大概是因为在回忆里，甜蜜战胜了痛苦。

骗过自己

当初父母给他取“李寻欢”这个名字时，是希望他将来能快乐。

但父母不知，当一个人需要寻欢时，说明他并不快乐。

或许这就注定了李寻欢的悲剧命运。

十六岁那年，李寻欢在上厕所，母亲跑过来告诉他，父亲刚刚被人杀了。

李寻欢哭晕在厕所。

等他醒来后，母亲说：“别难过，其实他不是你亲生父亲。”

李寻欢大喜：“那我亲生父亲呢？”

母亲：“早就被人杀了。”

生活太残酷，让年幼的他遭遇丧父二连。

李寻欢暴哭，瀑布般的泪水把厕所冲刷得晶晶亮，母亲不禁竖起大拇指赞叹：“真是个洁厕小能手。”

哭了半个小时，他再次哭晕在厕所。

醒来后，他捂着胸口：“心好痛。”

母亲给他泡了杯枸杞茶："喝下去，那个不痛，月月轻松。"

李寻欢喝了之后，果然好了很多，他说："娘，我现在只有你一个亲人了。"

母亲："其实我是你养母，你是我在垃圾堆里捡来的。"

李寻欢："那我亲娘呢？"

养母："也早就被人杀了。"

这一次，李寻欢没有晕过去。

养母："你怎么不晕？"

李寻欢："理论上来说，当一个人受到太多打击，便会麻木无情。"

养母说："杀害你亲生父母的人，是当今排名第一的上官金虹。"

李寻欢："为什么他要杀我父母？"

养母："他去你家偷走了《小李飞刀秘笈》，被发现，于是杀人灭口。"

李寻欢决定拜师学武，为父母报仇。

养母说："有个叫西门吹雪的人，他的剑很快。你可以去找他，就说是我介绍的。"

李寻欢："你跟他关系很好？"

养母："我不认识他。"

李寻欢："那你还让我说是你介绍的？"

养母："碰碰运气，万一他认识我呢？"

李寻欢还真的去找找西门吹雪了。

李："教我武功。"

西门："凭什么？"

李："就凭你有资格当我师傅。"

西门："那你有资格当我徒弟吗？"

李："有。"

说完，他掏出一本证书，上面写着"西门吹雪徒弟资格证"。

西门吹雪无言以对，收下这个徒弟。

李寻欢："你这把剑看上去不错，是什么剑？"

西门吹雪："骚浪剑。"

李："为什么取这个名字？"

西门："象征着变化多端。其实我的剑法没有别的奥妙，只是快而已。如果你能看到我拔剑，说明你有天赋。"

李："试试。"

西门把手放在剑上，一秒后问："看到了我拔剑了吗？"

李："看到了。"

西门："放屁，我根本没拔剑。"

李："不，你拔了，我看到了。"

西门："没错，我是拔了，看来你有天赋。"

李寻欢真的很有天分，他跟着西门吹雪学了一年的剑法，已全部掌握。

他打算再换个师傅，让自己变得更厉害。

养母："有个叫傅红雪的人，他的刀很快，你去找他。"

李寻欢找到了傅红雪，说："我们不一样。"

傅红雪："有啥不一样？"

李寻欢："你是瘸子。"

傅红雪："拔刀用手，不用脚。"

李寻欢："但你腿脚不便，如何躲闪。"

傅红雪："当你的刀足够快，该躲闪的人是对方，而不是自己。"

李寻欢："教我。"

傅红雪："好。"

李寻欢："为什么这么爽快？"

傅红雪："因为我是瘸子，不走寻常路。"

一年后，他又学会了傅红雪的全部本领，打算去找上官金虹报仇。

养母："你现在还打不过，报仇就是送死。你去找一个叫林诗音的女孩。"

李寻欢："让她教我武功？"

养母："不，你俩可以谈恋爱。当你爱上一个人，便会惜命，毕竟活着最重要。"

李寻欢想："谈恋爱也不影响报仇。那就谈吧。"

于是他去找林诗音，半年后，两人谈起恋爱。

林诗音的眼睛很漂亮，眼珠是蓝色的，透亮透亮的，像天上的星星。

李寻欢喜欢把她的脸捧在手心，看她的大眼睛眨啊眨的。

有一天林诗音说："其实我的父亲是小偷。"

李寻欢："我知道，他把天上的星星偷下来当你的眼睛。"

林诗音："不，我父亲真的是小偷。"

说完，她从兜里掏出一本《小李飞刀秘笈》说："这本就是他偷的，我最喜欢了。"

李寻欢内心咯噔一声，不动声色地问："你父亲是谁？"

林诗音："上官金虹。"

李寻欢："为什么你姓林？"

林诗音："父亲是上门女婿，我跟母亲姓的。"

原来，他爱上了杀父仇人的女儿。

他回家问养母："为什么要安排我去跟仇人的女儿谈恋爱？"

养母："为了让你把《小李飞刀秘笈》骗到手。以你现在的武功底子，再苦练小李飞刀，一年后，你就能去报仇了。"

李寻欢："为什么一开始不跟我说？"

养母："当你一开始就知道要去骗一个人，便不会动真情。你若不动真情，林诗音也不会爱上你。"

李寻欢："有道理，我觉得我现在已经不喜欢她了，但她肯定还是喜欢我的，这样我就能把秘笈骗到手了。"

后来，李寻欢把林诗音的《小李飞刀秘笈》骗到手，一年内就掌握了小李飞刀。

此刻，他终于有能力为亲生父母报仇了。

可是当这一天终于到来时，他却稍微有点犹豫。

如果真杀了她父亲，她会不会很难过？

虽然我现在不爱她，但至少曾经爱过。难道杀了别人父亲，再说句抱歉？

报仇应该体面，谁都不要说抱歉。

他灵机一动，想到了一个既能报仇，又能让林诗音不难过的方法。

当晚，他潜入上官金虹的家里，一出手，飞刀命中上官金虹脑门。

就是这么简单。

当一个人有足够厉害，所有事情都会变得简单。

接下来就是林诗音的问题了，怎么才能让她避免丧父之痛？

那就是在她发现父亲死亡之前，就把她杀了。

他一出手，飞刀命中林诗音脑门。

就是这么简单。

当一个人有足够无情，所有事情都会变得简单。

两年后。

在一个夜晚，李寻欢看着天上的星星，突然哭了。

他发现天上的星星，好像林诗音的眼睛。

可是为什么他要哭呢？

他不是无情吗？

人不怕无情，就怕有情却假装无情。

如果李寻欢能一直假装下去，倒也好，可是那晚的星星太美丽，像极了林诗音的眼睛。

他仿佛在和她对视，那一刻就再也骗不了自己。

他是爱她的，却亲手杀了她。

有多少人，都曾深爱一个人，却骗自己不爱，甚至做出了伤害对方的事。

第二天，李寻欢再也没醒过来。

有人说是伤心过度而死。

分开越久的人越怕见面

青年路有个烧烤店，生意不是最好，门面也不是最大。

这家店就像大街上的一个普通人，不起眼，但存在。

老板娘话不多，负责收钱。没事就坐门口抽烟。

她叫张乃霞，三十岁，因为烧烤摊烟熏火燎，她看着比实际年龄大，像30.0001岁。

尽管如此，仍能看出来年轻时有几分姿色。

每个故事里的老板娘似乎都有姿色。你知道为什么吗？因为丑人没有故事。

经常有客人跟她聊天。

客人：“姑娘，几岁？”

张乃霞：“忘了。”

客人：“年龄怎么能忘？”

张乃霞：“有些事你无法控制，唯一能做的就是忘记。”

客人：“有对象没？”

张乃霞："什么是有，什么是没有。以前有，现在没有。现在有，以后未必有。"

客人："你说话真装。"

张乃霞："人活着，不就是装给人看吗。"

客人："我就不装。"

张乃霞："你为什么不装？"

客人："装太 low。"

张乃霞："当你觉得别人 low 而自己高级时，装就诞生了。"

客人："服。"

后来，经常有一些电影导演来她的烧烤摊，主要不是来吃东西，而是和她聊天，然后把她的金句记录下来。

有个导演吃了一百多顿烧烤，最后拍出一部全是金句的电影，票房还不错。

张乃霞的座右铭是："没有什么问题是一顿烧烤没法解决的，如果有，那就有吧。"

翻译成英文是："Let it go."

有天晚上，张乃霞正在店门口抽烟，突然听到哭声。

发现是一个男的在打女的。

问了一下，是夫妻俩。男的赌博输了，女的说了几句，男的嫌烦，借着酒劲就打女的。

男的先是打了一巴掌，女的哇哇哭。

男的见女的哭，又继续打，边打边说："别哭。"

女的哭得更大声了："你一直在打，我能不哭吗？"

男的：“你一直在哭，我能不打吗？”

说完又准备打。

张乃霞上前一步抓住男人的手腕：“别打。”

男的：“教训自家媳妇，你别插手。”

张乃霞：“我的店，我非要插手。”

男的：“那我出去打。”

说完，男的一把抓着女的头发往门外拖。

张乃霞操起桌上的啤酒瓶“砰”一声砸男的头上。

速度之快，仿佛她每天练这个动作两千次。

男的被打蒙了，左手捂头，右手去拿桌上的啤酒瓶准备反击。

但他的手刚碰到啤酒瓶，头上又挨了一瓶。

他松开拿着啤酒瓶的手，两只手捂着头，酒也醒了几分。

男的㞞了：“大姐，有话好说。”

张乃霞根本不搭理他，只是拿出一张名片给他媳妇儿，说：“如果他再打你，你给我电话。”

说完，张乃霞又坐回她店门口的凳子上安静地去抽烟了，仿佛什么事都没发生。

后来有客人问张乃霞：“你把人头打破了，不怕别人报警？”

张乃霞：“怕。”

“既然怕，为什么还要打？”

“怕是一码事，打是另一码事。”

“你真装。”

“人活着，不就是装给别人看吗？”

话是这么说，其实她动手还有另外两个原因。

第一个原因：在她小时候，父亲经常打她母亲。后来父亲在外犯了事，坐牢去了，现在还在牢里。

所以她最讨厌男的打女的。

第二个原因：她太擅长打架了。

十几岁时，她是女痞子，交了个男朋友也是痞子。

十八岁那年，父亲坐牢去，她跟母亲相依为命。

有天晚上她跟男朋友出去打架，母亲一个人在家，犯了哮喘，死了。

从此她怪罪自己。为了赎罪，她退出江湖，不再打架。同时也跟男友分手。

十二年来，她没有再打过架。

这次打人，是破例。

那个打老婆的男的，果然没有报警。

因为他也是一个小混混。

出来混，如果被人打了，一般不会选择报警，因为报警比被打还丢人。

所以他就这么白白被张乃霞打吗？

当然不是。

几天后，那个打老婆的男人，请了一群痞子过来，打算砸张乃霞的店。

为首的痞子叫李建军，是本地最大的痞子。

在离店还有三十米时，李建军远远看到了张乃霞，便对男的说：“这家店不能砸。”

男的：“为什么？我都给你钱了。”

李建军：“我退你双倍的钱。”

男的：“双倍返还？咋双十一都过了还搞活动？那我找别人去。”

李建军：“这家店，我罩。你敢砸店，我就砸你。”

原来，张乃霞十八岁时谈的男朋友，就是李建军。

李建军一直觉得自己亏欠张乃霞，如果当年没有带张乃霞出去打架，她母亲或许就不会死。

此刻，李建军就在远处看着张乃霞坐在店门口抽烟，他连招呼都没有过去打一个。

分开越久的人，越怕见面。

而且他已经结婚了。可是结婚了就不能打个招呼吗？不能，因为他还喜欢她。

有些事不可能再发生，那就不要创造任何机会。

Let it go.

后来啊，张乃霞的烧烤店，生意越来越好。她也不知道为什么，每天晚上，都会有很多很多文身大汉来这里吃烧烤。

谁给了你自信

李建军这次出门，也没别的事，就是打算去跳楼。

为什么他不在自己那栋楼跳呢？主要是为他人着想。毕竟跳楼不吉利，自己住的那栋楼都是邻居，他不忍心祸害街坊，所以只能去其他地方。

跳楼，是因为他的人生很失败。

他不是第一次失败。人生最大的痛苦不是失败，而是失败太多导致借口不够用。这一次，他实在找不到借口，决定去死一死。

他找到一栋二十层的高楼，却发现电梯坏了，于是只能爬楼梯。爬到一半累趴了："太委屈，连跳楼都能半途而废。"

后来他打电话找人来修电梯，等电梯修好后才去到楼顶。

正准备跳，耳边传来一个声音："别干傻事！"

扭头一看，是个老头在对他说话。

李建军说："呵呵，果然。全世界都觉得我是傻子，哪怕我去跳楼，也有人对我说不要干傻事。"

老头："你要是跳了，别人以为是我推的，这不是害我？"

李建军："有道理，但是关我屁事？你再给我一个不跳的理由。"

老头："想想那些关心你的人！"

李建军："没人关心我。本来我还有点犹豫，你这么一说，我更要跳。"

老头灵机一动："等等！你是不是还有快递没收？"

李建军，对哦，还有一个在途快递！

老头："人生最美的事就是拆快递，你赶紧下来吧。"

李建军："话是这么说，但那快递是我给自己买的寿衣，嘻嘻，没想到吧？"

老头："那也得先试穿，万一宝贝不合身呢？"

李建军："有道理。"

李建军爬了下来，和老头聊天。老头问他为什么跳楼？他开始讲述自己的故事。

他大学读金融，因为酷爱文身，不顾家人反对，辍学当了文身师。当年信誓旦旦说可以养活自己，但几年过去了，现在穷得连买寿衣的钱都是借的。

为什么文身行业这么难做？因为每个行业都很难。他当初创业，仅凭一腔热血，但热血不是核心竞争力。

接下来的几个例子，可以解释李建军是怎么把文身店开垮的。

有一次客人想在身上文一只小狗，李建军却对着老虎的图片临摹起来。

客人说："我要文狗，你为什么对着老虎文？"

李建军说："你懂什么，我这是画虎不成反类犬。"

客人："神经病。"说完穿上衣服就走了。

还有一次，一个中学生来店里说："我想文身，但又怕我爸不同意，所以我该文什么才会显得尊重他？”

李建军灵机一动，纹了一句“爸爸，我想文身可以吗？”

结果中学生回家被父亲暴揍，第二天他还得帮人免费洗掉。

就这样，文身店口碑很差。虽然他每年都发誓要提高自己的技术，但是他根本没有落实到行动上。

他每天只干三件事：文身、吃饭、睡觉。

后来因为没生意，每天就只吃饭睡觉了，所以跳个楼，连楼梯都爬不动。

老头说：“听了你的故事，我觉得你是个废物。但是我刚才看了你手机里的作品，发现还是有天赋的。”

李建军眼睛一亮：“真的？这你都看得出来？”

老头：“我是美院的教授，当然看得出来。”

李建军：“那我该怎么做？”

老头：“和很多人一样，你最大的问题是仗着自己有点天赋，从不去认真做事。每当发现自己能力不够，便只能抖机灵耍小聪明，企图蒙混过关，这样注定会失败。每次失败后，你又是各种立 flag，各种打嘴炮，却不去实际提升自己。如果你能克服这个问题，你一定会变得更好。”

李建军沉思良久，终于发现了自己的问题所在。

李建军:“我懂了，一年后我们在此地相见，我要让你看看我的进步。”

接下来的那一年，李建军潜心学习，技术得到了很大的提升，文身店的生意也终于好了起来。

一年后，在约定的日期，李建军去了天台。但他见到的不是老头，而是一个和老头很像的年轻人。

李建军问："哇，你返老还童？"

年轻人："那个老头是我爸，他两个月前患病去世了。去世前，他让我今天来这里，怕你找不到人。"

李建军："可惜了，我还想让他看看我的进步。"

年轻人："他在天上一定看得到。"

李建军："他一定是一位德高望重的老教授吧。"

年轻人："教授？他只是个水管工。"

李建军愣了。他一开始想不通老头为什么要骗他是美院教授。后来才知道，老头撒谎是为了给他信心。

从流浪汉到亿万富翁

在李建军流落街头时，朋友带他去高级餐厅大吃了一顿。

那是他生命中最美味的味道。

可惜，朋友比他还穷，还没吃完，朋友就先跑了。

朋友多了路好走，多亏这位朋友，李建军竟然得到了一份在餐厅洗盘子的工作。

虽然是用来抵餐费的，但是好歹也是一份工作。

他洗盘子很认真，每次都把盘子洗得白白净净的。

但是有一次怎么都洗不白，他定睛一看，发现是黑色陶瓷，当然不可能洗白啦！

因为做事认真，李建军升职了，变成餐厅服务员。

有一次客人问他："这个菜里面怎么有头发？"

李建军仔细端详后说："这不是头发，是毛。"

客人："那为什么会有毛呢？"

李建军："因为这是毛血旺。"

客人被李建军的机智所折服，但还是向老板投诉了，于是李建军被炒鱿鱼，再一次流落街头。

有一位好心的路人对他说：“年轻人，你有手有脚，为什么不靠自己的双手去挣钱呢？”

李建军听从了他的建议，立刻把双手合成碗状，对路人说：“赏点钱给我吧。”

路人被他的机智所折服，给了他一块钱。

第二天，又有一个路人路过，对李建军说：“你不是李建军吗？我是你大学同学！”

李建军：“见笑了。作为一个本科生，我竟然在街头乞讨。”

同学说：“幸亏我当年读了硕士，不然我可能也在街头乞讨了。”

李建军：“那你现在在哪里高就？”

同学不说话，拿走李建军手上的易拉罐，扔地上踩扁，再捡起来放蛇皮袋，整个动作一气呵成。

原来，同学是捡垃圾的。

看着同学逐渐走远的身影，李建军感慨万千，想了想还是鼓起勇气追上去。

他问：“你能带我一起捡垃圾吗？”

同学犹豫了一下：“我硕士，你本科，按理说咱俩不在同一起跑线上，但毕竟同学过，我就带带你吧。”

于是，李建军也正式成为了一个捡垃圾的。

他同学名叫谭甲麟，于是他们成立了一个捡垃圾的组合，名叫：左麟右李。

命运就算颠沛流离，命运就算曲折离奇，都不能阻挡他们的努力。

他们每天捡很多塑料，因此他们的友谊又称为塑料友情。

有一次他们捡垃圾，累了，就在垃圾堆旁边休息。

这时一位妈妈带着五岁的小女孩路过，小女孩指着他俩问：“妈妈，他们是谁呀，为什么要蹲在垃圾堆旁边？”

妈妈：“还记得妈妈说你是垃圾堆里捡来的吗？那是因为你运气好被妈妈捡了。他们是流浪汉，是没被妈妈捡走的孩子。”

听妈妈说完后，小女孩很心疼，把手上刚买的一桶炸鸡给了他们。

他俩边吃边哭，一方面是因为很感动，另一方面是因为好吃哭了。

从此，他们每周都要去吃一次炸鸡来犒赏自己，那是这个冬天最美最暖的味道。

在一个冬日的午后，他们刚买完炸鸡，又遇到了那个小女孩。

这一次，李建军把那桶炸鸡递给小女孩说：“还记得叔叔吗？今天轮到叔叔请你吃炸鸡！”

小女孩看了看妈妈，妈妈点头示意收下。

这是跨越阶层的信任，一桶炸鸡，让温暖互相传递。

就这样，他们捡了半年垃圾，发生了很多类似的小故事。

有一次他们又上街捡垃圾，突然一辆劳斯莱斯停下。

车上下来一位穿西装的中年人。

中年人对李建军说：“少爷，您跟老爷约定花半年时间出来体验生活，现在时间到了，该回家了。”

李建军：“是哦，半年过得真快。”

同学一脸惊诧。

李建军：“我来介绍一下，这位是 SSS 集团的管家。我的真实身份是 SSS 集团大少爷。”

李建军掏出纸笔写了张支票给他同学：“感谢这半年的照顾，这是我犒赏你的。”

说完把支票递给同学。

同学拒绝了支票：“无功不受禄，有空你请我吃炸鸡就好了。”

李建军回家后。

父亲说：“没想到你竟然真的能撑半年，有什么收获？”

李建军：“很辛苦，也学到很多东西。”

父亲很满意地点了点头。

只是李建军不知道，他这个同学，其实是他父亲花重金指派的，是为了帮他体验普通人的生活，也是为了确保他的安全。

对有钱人来说，体验普通生活，也需要花很多钱。

你就做梦吧

“爸，我真要去广州？”

“要去。跟你二叔说好了，他下礼拜带你去广州。先从搬砖干起，一个月两千二包吃住。”

“哦。”

父亲见他兴致不高，便补充道：“比种地强多了，你看村东头的张伟，干了几年，娶媳妇了。”

“他媳妇后来不是跑了吗？”

“跑了又如何？你要是没钱娶媳妇，连媳妇跑了的资格都没有。”

“其实我的梦想是去大酒店当一个主厨。”

“呵呵，你就做梦吧。”

一周后，火车站告别时，父亲说：“你就站在此地不要走动，我去给你买几个橘子。”

李建军：“爸，别演了。你就算不买橘子，你也是我爸。”

父亲：“有道理，那我就不买了。”

火车缓缓发动，父亲站在月台挥手大喊：“等你过年回来！我让你妈给你做好吃的！”

李建军把头伸出窗外流泪嘶吼：“爸！你清醒一点！妈已经走了十年了！”

李建军来自贫困山区，初中毕业就没读了，在家种了三年地，今年十八，终于可以出门打工了。

总有人说，继续读书会更有出息。道理谁都懂，但有时道理敌不过现实。现实就一个字：穷。而且他还有两个弟弟要读书。眼下，去广州搬砖是最优选择。

为什么他的梦想是当厨师？因为他做饭还真有两把刷子（虽然做饭一般用铲子）。

他小时候家里穷，但长大后，反而更怀念小时候的时光，因为现在更穷了。

八岁那年，李建军和父亲饿着肚子，躺在山坡上晒太阳。

他看着天上的白云说：“爸，你看天上那朵云，像不像一只大鸡腿？”

“不像。”

“为啥呀？”

“贫穷限制了我的想象力。”

九岁那年，李建军问：“爸，生日蛋糕是什么味道？”

父亲：“等你生日那天就知道了。”

后来他等啊等，终于等到生日那天，父亲神秘兮兮地凑到他耳边说：“我问过别人了，生日蛋糕是奶油味的。”

那时母亲还没死，这一切都被母亲看在眼里。

母亲心想："这孩子也没做错什么啊，就是投胎到我们穷人家了，连奶油蛋糕都没吃过。"

后来，母亲就想方设法，把普通的食材做得特别美味。

吃不起鸡腿？母亲就研究如何把豆腐干做成鸡肉的味道。

买不起奶油蛋糕？母亲就把豆腐脑调制出了奶味。

每次母亲烹制美食，李建军就在旁边看着，时间长了，他也把手艺学到了家。

母亲死后，这个家就是李建军负责做饭。

有时父亲吃着吃着就默默流泪，说："你做的菜跟你妈一样一样的，真好吃，我有时候觉得她还在。"

经过十八个小时的车程，李建军到了广州，开始搬砖。

他是农村出身，一身腱子肉，搬起砖来健步如飞。

工友们都看呆了，没见过这样的老实人，大家劝他："工资都是固定的，你这么卖命干啥？"

李建军："习惯了，要做就把事情做好。"

工友："你积极了，不就显得我们懒惰了？"

李建军嘿嘿一笑，啥也没说，但包工头都看在眼里。

有一天。包工头去工地上问："谁会做饭？"

李建军看没人举手，就把手举了。

包工头："跟我来。"

原来，工地上的主厨被烫伤，送医院去了。李建军到了厨房，咔咔一顿煎炸炖炒，香气弥漫在整个工地。

中午，工友们把所有饭菜一扫而光。

有个工友说："这豆腐干，真绝了！比鸡腿还好吃！"

李建军听到这句话没绷住，哭了，他想起了妈妈。

后来，李建军不搬砖了，他变成了工地的主厨。一个月工资四千二，还有五险一金。再后来，集团领导来工地视察，吃了李建军做的菜，把李建军调到集团去了。

集团旗下有十二家五星酒店，李建军被派到其中一家当学徒。

三年后，他成了主厨。

梦想就这么实现了。以前的那帮工友提起李建军，总会说："这小子太幸运了！"

李建军幸运吗？幸运。

如果出生在赤贫家庭算是幸运；如果母亲的早逝导致他每天在家做饭算是幸运；

如果因为没钱上学就出来打工算是幸运；如果被父亲嘲笑梦想算是幸运。

人生的幸与不幸，有时候边界并不清晰。

你曾经吃过的苦，在未来都是你对抗这个世界的武器。

所以啊，不管生活有多苦，也要给自己一个梦想并为之而努力。努力不一定会实现梦想，但是会让人更愿意帮你。

一起吃苦的幸福

李建军，最近喜欢说两句话。

一句是：“钱对我来说，只是一个数字，也就是 0。”

另一句是：“所以我买东西喜欢货比三家，然后发现最便宜的那家也买不起。”

没错，李建军最近可穷了，因为前不久刚在上海买房结婚。

虽说简朴，但活着就要烧钱。

李建军早前就计划添置家用电器，结果回各自老家办了两场酒席，倒贴了几万块。

更何况，李建军在房价高出天际的大上海刚买了套新房，意料之中，光首付就把李建军前半生的钱都花得精光。

李建军还要负责月供。生活里只剩下精打细算，荷包光光。

连买空调的钱都没有，唯一的家电是电风扇。

为了省钱，李建军想过很多办法。

比如老婆喜欢吃小龙虾，李建军一次性买了十五斤回家，老婆差点吃吐。

李建军说："多吃点，吃到吐，以后这辈子都不想吃了，一次投入，终身省钱。"

比如早上老婆洗脸时，李建军说："为了节约用水，我建议你以泪洗面。"

这大概就是苦中作乐。

李建军这种神经兮兮的性格，也是老婆喜欢他的原因之一。

神经归神经，但说起浪漫的话也是张口就来。

比如吃饭时，李建军会冷不丁冒出一句："你一定会越来越有钱的。"

老婆："为什么？"

李建军："长得好看的女生可以节约很多自拍修图的时间，而时间就是金钱。"

那天，李建军过生日，老婆给他买了小蛋糕，点燃蜡烛后，老婆唱的不是《生日快乐》，而是《一起吃苦的幸福》。

李建军听着听着就流泪了，原来神经兮兮的人也会流泪。

他问老婆："你真觉得一起吃苦很幸福吗？"

老婆："跟你一起吃苦还是很幸福的。"

李建军："你不要瞎自我感动，吃苦一定是不幸福的。"

老婆："那为什么会有这首歌呢？"

李建军说："只有等我们过得好了，再回忆过去吃过的苦，那才能叫一起吃苦的幸福。这个世界很残酷，过得不好的人，连忆苦思甜的资格都没有。"

老婆："你放心吧，我们会越来越好的。因为你说的呀，我长得好看，可以节约很多自拍修图的时间，而时间就是金钱。"

李建军笑了，他让老婆不要瞎感动，结果自己却被感动到。

后来，他们俩的工作也越来越顺利，抓住了机会辞职创业。

甚至在几年后，还投资了其他两套房。

最后，他们分手了。

因为花了太多时间醉心于未来，而忽略了当下的彼此。

他们一起度过了最难熬的冬天，却在春暖花开时选择了分开。

这个故事的结尾显得很突兀，但突兀就是现实生活的一部分。

这就是为什么人们在听到某个朋友分手的消息时，总是经常发出这样的感慨："啊？他们分手了啊？天呐！再也不相信爱情了！"

共苦容易，同甘难。

老鼠药

李建军，推销员，以前是卖老鼠药的，并且他特别擅长。

老鼠药的品牌不是“毒鼠强”，而是“毒鼠有一点点强”。

“有一点点强”会显得谦虚，李建军说。

推销时，他对客户说：“这个老鼠药，一是采用高分子纳米技术，毒性更强；二是采用生物破壁技术，有利于老鼠肠道快速吸收。老鼠吃了都说好。”

客户：“真的假的？”

李建军：“不信我吃给你看。”

说完，他撕开一包老鼠药就往嘴里送，甚至还没吃就翻白眼。

客户感动了，谁会拒绝一个亲自吃老鼠药的推销员？于是立刻拉住他的小手：“你不要吃，我买。”

就这样，李建军每年卖出三亿多包老鼠药，盒子连起来可以绕地球一圈。

但也有不买账的。

有一次李建军正打算往嘴里塞鼠药，没想到客户不仅不制止，还饶有兴致地观看起来。

怎么办？总不能真吃吧？

他并没有慌张，因为早就准备了B计划，他从包里掏出一只小白鼠，喂老鼠吃了十斤，老鼠当场暴毙。虽然不知道是毒死的还是撑死的。

客户感动了，谁会拒绝一个随身携带老鼠的推销员？

“我买！”

就这样，早些年李建军靠卖老鼠药挣了不少钱。但是这些年生意越来越难做，因为老鼠都快死光了。

怎么办？

李建军灵机一动，虽然老鼠少，但是人多，世上那么多想死的人，为什么不把老鼠药卖给他们呢？

为此，李建军更改了老鼠药的配方，研发了多种口味，有水蜜桃、苹果、哈密瓜、薄荷四种口味，满足不同商务人士的挑剔需求。

研发成功后，李建军想起他的好朋友马大丸曾多次表示想死，于是打电话他。

“滴嘟……”手机响，马大丸接听电话。

李建军：“干啥呢？”

马大丸：“上吊呢。”

李建军：“又上吊，上周不是刚上吊？”

马大丸：“上周绳子断了，没死成。”

李建军：“你就不能减减肥？”

马大丸："要是能瘦下来，就不想死了。"

李建军："我这有款老鼠药，一吃就死，要不要试试？"

马大丸："我减肥呢，吃了会胖吗？不是不是，关键是好吃吗？"

李建军："目前有水蜜桃、苹果、哈密瓜、薄荷四种口味。"

马大丸："太素了，这不是我想要的味道。我喜欢炸鸡味。"

"啪哒。"马大丸挂了电话。

"熟人生意不好做。"李建军感慨，"还是去推销吧。"

于是李建军去挨家挨户推销。

第一天去卖，客户是个宅男。

李建军想敲门，发现宅男家里根本没有门。

李建军："我能进来吗？"

宅男："没门。"

李建军："打扰了，我走。"

宅男："我是说没有门，你可以直接进来。"

李建军："你好，我是推销员。卖老鼠药。"

宅男："不要。"

李建军："为什么不要，你这种宅男，对社会没有贡献，又穷，还单身，难道不该死吗？"

宅男："我怎么舍得死呢？"

话音刚落，宅男的女友刚洗完澡从房间出来，又漂亮身材又好。

李建军惊诧："你连门都没有，竟然还有女朋友？有什么秘诀吗？"

宅男："我偷电动车养她，甚至我把门都拆了卖废铁养她。"

李建军："感动了，那你愿意为她而死吗？"

宅男："愿意。"

李建军："那就买包老鼠药，证明给我看。"

宅男："不。"

李建军："呵呵，你就是不敢，你算什么男人。"

宅男："主要是没钱，我都穷到卖门了，你觉得我还有钱买老鼠药？"

李建军觉得很有道理，默默离开，离开时想顺手把门关上，但看着光秃秃的门框，想想还是算了。

李建军失落地走在大街上，感觉生无可恋。

为什么那种穷肥宅都有漂亮的女朋友，自己连包老鼠药都卖不出去？

真想给自己喂一包。

一连卖了一个月，一包都没卖出去。

一个月后，李建军又去敲门，这个门金光灿灿，一看就是有钱人。

门开了，此人留着小平头，戴着大金链子小手表，是社会大哥。

大哥："有事？"

李建军有点害怕："没事。"

大哥："没事你敲门？推销的吧，最看不起你们这群推销的，连承认自己是推销员的勇气都没有。"

说完大哥正准备关门，李建军不知哪来的勇气，双手按在门上，不让关。

与其说是勇气，不如说是这一个月来各种委屈的释放。

李建军一把鼻涕一把泪地大声哭诉："推销怎么了？我不偷不抢，只想把最先进老鼠药推荐给想死的人，我靠自己的双手吃饭，你凭什么看不起？嗯？”

说完抹了一把鼻涕擦在门上。黄色的鼻涕和金色的门，相得益彰、相映成趣、相辅相成、相见恨晚。

大哥看呆了，从来没有人敢跟他这么说话，也从来没有人敢把黄色的鼻涕抹在他金色的门上，还那么地相得益彰。

因此，他反而对李建军产生了敬重之情："我敬你是条汉子，进来说。"

两人促膝长谈，谈人生谈理想谈爱情，说到最后一起抱头痛哭。

原来，金链大哥最近受了情伤，相爱了很多年的女友把他甩了。

大哥眼睛都哭肿了，也哭出平行四边形的鼻涕泡。

经过开导，大哥顿悟："我想通了，决定去死。"

李建军："那就买包老鼠药吧！"

大哥买了一包老鼠药，吃了下去，口吐白沫静静等待死亡。

两个小时过去了，大哥光吐白沫，跟洗衣机似的，就是不死。

原来这个老鼠药经过李建军的改造，毒性下降，已经毒不死人了。

李建军对大哥说："要不要加大剂量？"

大哥爬起来，擦擦嘴，看着远方，说："我觉得这个世界不一样了。"

李建军："哦？"

大哥："虽然没死成，但我已死过一次。我觉得吧，死也就那么回事，现在不想死了。谢谢。"

为表示感谢。大哥把大金链子和金手表都给了李建军。

李建军似乎找到了商机。以后的日子里，李建军总是一身黑西服，拎着手提箱，寻找一个又一个想死人士。

“为什么想死？”

“我没得选。”

“话也不能这么说，你还可以选择老鼠药的口味。”

他让客户相信吃了老鼠药就能死，客户在鬼门关走了一趟又活过来，往往对生死会产生新的认知。

有些人还真的就不想再死了。

在你遇到李建军的那款老鼠药之前，不要尝试去死，万一不是真的想死，就亏了。

文案大师

“生活有时候会啪啪打你的脸，但你一定要知道甜是什么滋味。”——广告大师李建军。

李建军从小身体瘦弱，总受人欺负。

有一次被人打得啪啪响，李建军问：“为什么打我？”

对方说：“因为你看起来好欺负。”

李建军摸着后脑勺害羞地说：“这都被你看出来了，嘿嘿，真是好眼力！”

为了让自己看起来不好欺负，李建军在学校模仿李小龙，但除了嗷呜嗷呜的叫声比较像，其他都不像。后来因为叫得太吵又被打，被打得嗷呜嗷呜叫。

久而久之，李建军特别擅长嗷呜嗷呜叫，学校歌手唱《饿狼传说》时，会找他和声。

“这都是我应该嗷呜的。”面对歌手的感谢，李建军客气地说道。

但李建军最大的缺点不是身材瘦小，而是低血糖。

他生气、紧张时容易头晕，所以他经常偷偷从奶奶放在柜子上的糖袋里抓一把糖吃。

有一次偷吃糖被奶奶抓了个正着，奶奶发现他哭了。

奶奶笑着说："别哭，贱人会笑。"

李建军看着远方说："你不懂，我哭是因为甜到忧伤。太甜了！嗷呜嗷呜！"

就是这么一个弱小的李建军，他一直梦想着成为一个有后台的人，但事与愿违，长大后他的工作岗位是前台。在一家广告公司。

但前台也不好当，那天，老板把李建军叫到办公室。

老板："公司有困难，现决定裁掉你。"

李建军："赔偿多少？"

老板："十万。"

李建军："这笔款什么时候打给我？"

老板："是你赔公司十万。你最近用坏公司十台复印机。你连复印机都不会，你会什么？"

"你给我一个月的时间，我证明给你看，我可以跑业务！"李建军拍胸脯说。

老板冷笑，扔了一沓资料在台子上说："你要是能拿下这个 Case，我就不裁你。"

李建军拿上资料准备了几宿，准备去比稿。不料刚下楼，就被电瓶车撞了，骨折加脑震荡。

两周后出院，老板又要开除他。

李建军一阵胸闷，赶紧掏颗糖含在嘴里，他和老板反复争取，让他再试一次，没想到第二次比稿时，因为紧张吃不下饭，低血糖又犯了，晕倒在现场。

有时候生活就是这么苦，你必须要非常努力，哪怕看起来很晕。

有人问李建军："你就个前台，有必要这么拼吗？"

李建军不说话，他知道是真的有必要，现在经济不景气，他不能失业，他要养家。

有志者事竟成，在连续十八次不成功后，老板被他的执着精神所打动，对他说："我不裁你。"

李建军一兴奋，又低血糖了。

他咬着牙说："谢！谢！老！板！"

随后晕倒在办公室。

醒来后，发现老板在给他喂糖水。

李建军："谢谢，我自己来就好。"

老板说："别跑业务了，你现在是文案总监。"

李建军："为什么让我做这个？"

老板："我觉得你适合头脑风暴，毕竟你得过脑震荡，思维应该比较激荡。"

李建军："那我只能硬着头皮上了。"

老板："但你上次车祸好像失去了一块头皮？"

李建军："有头皮要上，没有头皮也要上。"

老板很快就跑到了业务，要求给某手机品牌写文案，只要写一句话，但一定要打动客户。

李建军先是想了这么一句广告词："哇！这台手机真好！"

客户："太直白。"

李建军改成："也不能说这台手机不好！"

客户："太含蓄。"

改了一百零八次稿之后的文案是："我们用心做一台好手机。"

稍微有点像样，但客户仍不满意："用点心！来点不一样的！"

李建军瘫倒在办公室，头痛欲裂，此时已是凌晨4点，他再次感受到生活的苦。但这个城市没有人关心你是否辛苦，只关心你工作做得好不好。

他在嘴里放一颗糖，闭上眼睛感受糖的滋味，只有这样他才不会忘记什么是甜。

"用点心！"客户的话仍然在耳边飘荡，可是工作只要用心就能做好吗？

有了！他突然有了灵感，提笔给客户写了一条名垂千古的广告语：

"我们不用心也能做一台好手机，因为我们太强了。"

客户对这句话很满意。

后来老板又接到了业务，为一则卫生巾的视频广告写剧本。甲方还送了一箱产品，说可以先试用一下。

再一次经历一百零八次改稿后，李建军写下了这样千古绝伦的视频剧本：

【深夜，街头】

女孩在前面跑，歹徒在后面追。

歹徒砰一声鸣枪，大喊："不许动！"

女孩不怕，跳起来就是一个后空翻再接一个旋风腿，踢得歹徒嗷呜嗷呜叫。

此时屏幕上飘出一行字：“× × 卫生巾，怎么动都不怕！”

这则视频广告火遍全球，让李建军在广告界声名鹊起，成功地把公司救活了。

很多人都觉得李建军是广告天才。但只有他自己才知道，他每份稿子都修改了一百多遍；也只有他自己知道，这个视频的动作设计，来自他小时候被打的情节。

有记者采访李建军：“你成功的秘诀是什么？”

李建军：“不管多苦，都要坚持下去。”

记者：“那你又是靠什么坚持下来的呢？”

李建军：“生活有时候会啪啪打你的脸，但你自己一定要知道甜是什么滋味。”

万圣节

有一个小城镇，名叫前列县，近年来也流行过万圣节。

童心未泯的李建军肯定是要过万圣节的，为什么童心未泯呢？因为他才八岁。

李建军对父亲说："爸爸，很多小朋友都 cos 了各种造型，我应该 cos 什么？"

父亲："你就 cos 终结者吧。施瓦辛格演的那个。"

李建军："道具呢？"

父亲："裸体就行了。终结者一开始降临人间时，是全裸的。"

李建军："看来贫穷并没有限制你的想象力。"

没错，李建军家里很穷，买不起道具。

这个北方的夜晚，气温是 2℃，李建军赤身裸体跟其他小朋友一起过万圣节。

有个小男孩叫马大丸，他问："你为什么不穿衣服？"

李建军："我家里穷，只能扮演裸体终结者。"

马大丸听了之后觉得李建军很可怜，便把自己的道具服借给李建军。

李建军穿了一下，又脱了下来，说：“我不喜欢这款紫色的胸罩，而且钢圈都变形了。”

没错，这个马大丸家里也很穷，但是比李建军好一点，至少还有胸罩穿。

马大丸也没穿裤子，李建军看了他一眼，觉得他不配叫大丸。

他们打算一起去敲邻居的门。

开门的是一个中年人。

李建军：“不给糖就捣蛋。”

中年人给了他们糖，他们收下糖后，把窗户砸了，并说道：“给了糖也捣蛋，嘻嘻，没想到吧？”

中年人：“没想到。”

李建军：“你怎么不生气？”

中年人：“你砸的不是我家的玻璃。我只是一个单纯的入室盗窃者。”

李建军：“那你还敢开门，不怕我们报警？”

中年人：“不怕。”

李建军：“为什么。”

中年人：“你敢报警，我打死你。”

李建军：“好，不报警。”

中年男人看着马大丸：“你怎么戴着胸罩？”

马大丸：“我 cos 一个变态。开玩笑的啦，戴着胸罩总比裸体要暖和一点。”

李建军插话：“你怎么不问我 cos 的是什么？”

中年人：“你 cos 的是裸体的终结者。”

李建军："这你都知道？"

中年人："我小时家里也穷，我爸也让我 cos 这个。其实我最想 cos 有钱人，但我没钱买道具。"

李建军："你为什么万圣节出来偷东西？"

中年人："如果被人抓到，我就说我 cos 小偷。机智吗？"

李建军被中年人的机智所折服。竖起大拇指长达好几分钟。

中年人问："你们觉得万圣节有意思吗？"

李建军："其实没意思。不给糖就捣蛋的逻辑很霸道，凭什么不给糖就能捣蛋？"

中年人："你还是太年轻了。其实大人做事的准则也是不给糖就捣蛋，甚至糖给少了也要捣蛋。这个世界到处都是鬼，偏偏人们还热衷于扮鬼。"

"阿嚏！"李建军打了个喷嚏，"时候不早，告辞。"

李建军和马大丸离开了。

回家的路上，马大丸问："你觉得这个中年人说的话有道理吗？"

李建军："一般般吧。他们混得不好的中年人就是喜欢给自己加戏，把自己的失败归结于世界不好。"

马大丸："那你觉得这个世界好吗？"

李建军："世界好不好，跟我没关系，我好就行。"

马大丸："那你好吗？"

李建军："现在不太好，以后会好的。"

藏不住喜欢你

母亲死的那天，李寻欢很难过，变成了李寻悲。

有人说，杀害他母亲的凶手是叶孤城。

他想报仇。但此时李寻欢还不是高手，肯定打不过。

“怎么办？”李寻欢陷入沉思，“只能去雇杀手了。”

李寻欢找的第一个杀手是傅红雪。

傅红雪，刀客，只要钱到位，杀谁都行。

李寻欢：“帮我杀个人。”

傅红雪：“谁。”

李：“叶孤城。”

傅：“他的剑很快。有时速三百五十公里那么快。”

李：“不是三百公里？”

傅：“提速了。”

李：“你的刀更快。”

傅：“我很贵。”

李：“我们可以做个朋友。”

傅："为什么。"

李："友谊无价，这样你就可以免费帮我杀人。"

傅："抠。"

傅红雪很久没遇到李寻欢这么有趣的人了，从来没人敢跟他讲价，而李寻欢一上来就要求免费。

有趣。

就凭有趣这一点，傅红雪决定帮他。毕竟有趣的灵魂太少。

但傅红雪失败了，跟叶孤城一战，他差点丧命。

叶孤城没有取他性命，只挑断他一根脚筋。从此傅红雪成了瘸腿刀客。

"免费的就是靠不住。"李寻欢想，"我得寻找其他杀手。"

李寻欢去找楚留香。

楚留香说："每天有那么多人请我办事，我凭什么帮你？"

李寻欢："就凭我有诚意。"

楚留香："当一个人什么都没有，通常会说自己有诚意。可惜诚意不值钱。"

李寻欢又去找陆小凤。

陆小凤说："我来大姨妈了，不方便。"

李寻欢："你是男人，为什么会有大姨妈？"

陆小凤："因为我懒得想借口，就随便想了一个。"

"还能找谁呢？"万念俱灰的李寻欢走在树林里自言自语。

突然有人对他说："你可以找我。"说话的人是西门吹雪。

李寻欢大喜，毕竟西门吹雪也是高手。

李寻欢："好啊，我就找你好了。"

话音刚落，西门吹雪一个轻功，消失在这片树林。

李寻欢找了他三天三夜都没找到。

原来，西门吹雪酷爱捉迷藏，当他说“你可以找我”时，说的只是捉迷藏。

也许这就是真正的江湖，人心之冷，甚于刀剑。

李寻欢想到去世的老母亲。母亲被杀那天，锅里还炖着肉。那天是中秋节，本该团圆，却成了离别。

他很难过，然后是愤怒，接着陷入了无尽的痛苦。

人的一切痛苦，本质上都是对自己无能的愤怒。

当一个人陷入痛苦无法自拔，死亡可能是最好的选择。

李寻欢决定跳崖自杀。

正准备跳崖，他突然听到了一个女孩子的歌声。

歌声婉转，声线迷人。顺着歌声找过去，竟是一位天仙般的美女。

李寻欢被迷住，突然不想死了。

“君子报仇十年不晚！”他安慰自己。

李寻欢上前跟女孩打招呼：“你好，我是李寻欢。”

女孩：“寻欢？听着不像好人。”

李寻欢：“你叫什么？”

女孩：“林诗音。”

李寻欢：“听着也不正经。”

两人大笑，一见如故。

人生起落无常，前一秒李寻欢还想着自杀，下一秒仿佛就找到一生所爱。

接下来的日子，李寻欢觉得生活也没有那么差劲。因为林诗音的存在，生活从黑白变成了彩色。

李寻欢有一次问："我属虎，你属什么？"

林诗音小脸一红："我属于你。"

李寻欢哪里经得住被这么撩拨，他从没见过这样讨人喜欢的女孩。

两年过去了，他俩在树林里洗衣做饭，过着普通人的生活。

他虽然失去了一个最爱的女人，但是又得到了另一个最爱的女人。

虽然母亲的仇没有报，但自己打不过叶孤城，别人又不肯帮忙，还能怎样？

不如先跟林诗音过一过甜蜜的小日子，至于报仇的事，边走边看。

但这甜蜜的小日子有一个缺憾，那就是林诗音不肯和李寻欢滚床单。她说自己还小，还没做好准备。

但他却正值壮年，每天欲火焚身，只能靠自己勤劳的双手来解决问题。

久而久之，他发现自己在这方面天赋异禀，把手速练得极快。而正是这惊人的手速，帮李寻欢练成了日后震惊天下的小李飞刀。

林诗音说："为什么我看不清你从哪里掏出的飞刀？"

李寻欢："因为我藏得好。"

林诗音："你藏东西可真厉害。"

李寻欢："可我却藏不住喜欢你。"

林诗音小脸一红，笑出了心形的鼻涕泡。

自从发现自己有飞刀的天赋，李寻欢觉得报仇有望。

他每天苦练飞刀二十八个小时，就算发烧100℃也不停歇。不要怀疑，就是这么夸张。导致有一次过度疲劳，竟误把飞刀扔向林诗音！

飞刀如同子弹，别说林诗音，就算是陆小凤用灵犀一指也未必接得住。

但令人震惊的事发生了。林诗音竟然接住了飞刀!

李寻欢顿时觉得她不简单，立刻问道：“你说你不会武功，但你却能接住我的飞刀，天下能接住我飞刀的，不超过三个人。你到底是谁？”

林诗音突然哈哈大笑：“本来不想这么快告诉你的，但现在既然暴露了，我不妨跟你直说。”

李寻欢：“你到底是谁！”

林诗音：“知道我为什么不愿意跟你滚床单吗？因为我是叶孤城。我本男儿身,为了练就武林第一的剑法,我挥刀自宫,变成现在的人妖身。”

李寻欢想起他俩甜蜜的过往，哇哇地吐了。

林诗音继续说：“自宫后，我的剑法突飞猛进，这就是为什么你找来的傅红雪也打不过我。”

李寻欢：“自宫这么厉害的？”

林诗音：“是的。要想当天下第一，必须绝情，心中无情，才不会出差错。很多人认为绝情是不近女色。其实真正的绝情是对自己绝情，也就是割掉自己蛋蛋。”

李寻欢：“为什么要杀我母亲？又为什么要让我喜欢上你？还要让我发现我喜欢的你不但是人妖还是杀母仇人？”

林诗音：“这叫素质三连。我做这些是为了报仇，因为当年你父亲杀了我全家。我本想杀了你，可是杀你太便宜你了，我就想着去折磨你，让你生不如死。”

李寻欢瘫坐在地，他一时无法接受这么多信息量。在江湖上，最残忍的事不是死，而是生不如死。

他还是无法接受眼前这个曾经深爱的林诗音，竟然是自己苦苦寻找的仇人叶孤城。

李寻欢哈哈哈哈哈地笑了起来，可能每个人崩溃了都会笑。

他想用飞刀杀了叶孤城，但现在还没有把握，特别是刚才叶孤城已经接住了他的飞刀，说明自己发挥还不稳定。

可就算自己能杀了叶孤城，又怎样？失去的也不会再回来。

他对叶孤城说："我们失去的已经够多。不如我们一笔勾销，不要再互相残杀。"

他说这句话时，是真的想和解。但如果无法和解，他也做好了决斗的准备。

叶孤城："不可能。我今天一定要跟你打，出招吧！"

李寻欢："我已经出了。"

叶孤城："什么？"

叶孤城一低头，才发现自己胸口插了一把飞刀。他不知道这把刀是什么时候飞过来的。

叶孤城眨了一下眼睛，胸口又多了几把飞刀。他吐着血说："为什么你突然这么厉害？"

李寻欢："你说过，要当天下第一必须要绝情。你今天伤透了我的心，把我变成了天下最绝情的人。所以我的飞刀更快了。"

叶孤城倒地身亡。

李寻欢从此性情大变，变成了世界上最孤独最绝情的人，他从此不再相信任何人，甚至，连自己都不信。

可是这样做人还有什么乐趣?

世界是守恒的，当你彻底失去做人的乐趣，你就会获得天下第一的武功。

李寻欢还活着，但是他已经死了。

曾经眼里全是你

六岁那年，令狐冲失去亲生父母，岳不群看他可怜，便收他为徒。

刚上华山，令狐冲就摔了一跤，感慨：“不愧是滑山。”

第二天令狐冲给师父请安，问：“师父，为什么你的脸变成紫色，是在练紫霞神功吗？”

岳不群憋着一股气说：“便秘而已。还有，以后不要来厕所找我。”

岳不群看令狐冲骨骼惊奇，是块练武的好材料，决定教他武功。

他每天练武二十八个小时，哪怕高烧 100℃也在坚持。

师娘问：“冲儿，你为何如此努力？”

令狐冲：“因为阿岳真的很严格。”

其实令狐冲本不想学武，但人在江湖身不由己，男人可以不在乎自己，但如果不会武功，拿什么保护喜欢的人？他喜欢的人，是小师妹岳灵珊。

可是岳灵珊是名门正派大小姐，他令狐冲又算哪根葱？

岳不群：“你凭什么跟我女儿在一起？”

令狐冲："凭我师父是著名的华山派掌门人，这样够不够资格？"

岳不群听了美滋滋，竟觉得很有道理。

令狐冲虽然爱抖机灵，但并没有放弃努力。一个男人没有钱，没有房，什么都没有，能做的就只有努力。

努力是有效果的，岳灵珊也喜欢令狐冲。

有一天令狐冲约小师妹练剑，小师妹迟到一小时。

岳灵珊："对不起，我迟到了。"

令狐冲说："珊珊，别人不能迟到，但你注定可以。"

岳灵珊："为什么？"

令狐冲："因为'姗姗'来迟。"

岳灵珊："嘻嘻，真幽默。那我们开始吧！看剑！"

令狐冲："不看。"

岳灵珊："为何不看？"

令狐冲："因为我的眼里全是你，容不下其他。"

岳灵珊："嘻嘻，真浪漫。"

练完剑，令狐冲说："玩捉迷藏吗？你躲，我找。"

岳灵珊："为什么是你找？"

令狐冲："因为我想找到喜欢的人。"

岳灵珊笑出了心形的鼻涕泡，而且还是粉红色的。

从六岁到二十六岁，令狐冲每天给小师妹讲情话和笑话，讲了二十年。

他不知道怎么爱一个人，能做的只有对她好。他们很幸福，直到林平之来到了华山。

林平之来华山第一天，岳灵珊自我介绍："你好，我是岳灵珊。"

林平之：“滚。”

岳灵珊哭着跑开了，哭完后她就爱上了他，只因他高冷。

“55555，从来没有人对我这么凶过，好喜欢 5555。”她哭着说。

没多久，岳灵珊和林平之就订婚了。

订婚前夜，令狐冲偷偷跑去跪下求岳灵珊回到自己身边。

跪下来求一个人并不可耻，可耻的是对方并不答应。

令狐冲有时候觉得，林平之也没什么了不起的，只不过是运气好而已，可是私下里却也想成为那个运气好的人。

说了二十年情话，敌不过别人一句高冷的“滚”。

令狐冲彻底蒙了，从此每天喝酒。他说：“我每天把她逗笑，而她却爱上哪个把她弄哭的男人。这哪里是笑傲江湖，简直是哭傲江湖。”

“感情的事我很健忘，我已经忘记了如何才能忘记她。”

每当喝醉，令狐冲就这么自言自语。

他不服，于是找林平之打架，又打不过，毕竟林平之练成了辟邪剑法。

说起辟邪剑法，为了练这个武功，林平之刚结婚没多久就切掉了那玩意。

岳灵珊也没办法，嫁都嫁了，就这样吧。

令狐冲有一次问岳灵珊：“林平之到底有什么好？”

岳灵珊：“他武功高强。”

令狐冲彻底没办法了，毕竟技不如人。

可是打不过就这么算了吗？不，还能骂，于是他看到林平之就骂：“你妈的头像皮球！”

岳不群翘着兰花指批评令狐冲：“我们是名门正派，不能骂人。”

于是令狐冲的态度来了个一百八十度大转弯：“皮球像你你妈的头！”

天天挨骂，林平之很烦，就在令狐冲的宿舍里藏了很多小黄书，然后去岳不群那里告状，说令狐冲偷他的小黄书。

岳不群生气了，翘着兰花指对令狐冲说：“华山乃名门正派，你想看小黄书可以找我借，为什么要偷？我要把你逐出师门！”

好在师娘为他求情，最终令狐冲被罚在思过崖面壁一年。

说情话二十年，女朋友被抢；学武二十年，打不过一个人妖。这样的人生也太失败了。“我遭遇中年危机了，”令狐冲捧着保温杯说，“那我还是死掉算了吧。”

说完令狐冲准备跳崖，却被一位白发老人救了。

老人正是华山剑宗高手风清扬。老人说：“不要死，活着才有希望。”

后来，风清扬把独孤九剑传授给了令狐冲。

没错，幸福来得就是这么突然。

一年后令狐冲下山，恰逢华山论剑，他打败了林平之等一众武林高手，从此名扬天下，走上人生巅峰。而岳灵珊，他也早已放下，因为他已经有喜欢的人了，这人便是他在山上认识的村姑任盈盈。

人生总有转机，就像转角遇到爱。

但是如果你不往前走，就永远没有机会遇到转角。

来生不忘今世

八岁那年，梅若华看到爹妈遭奸人所害，流下了伤心的眼泪。

此时黄药师路过，对梅若华说："男人哭吧不是罪。"

梅若华白了他一眼："我是女生，漂亮的女生。"

黄药师："哦，那你别伤心了，你若不坚强，脆弱给谁看？"

梅若华听了他的话，不再流伤心的眼泪，而是流下了坚强的眼泪。

黄药师看她孤苦无依，便收她为徒，带回桃花岛。

她来到桃花岛，哇一声哭了："骗人，桃花岛根本没桃花！"

黄药师："现在是冬天。"

第二天，梅若华缠着黄药师要学武功。

黄药师："为何如此着急。"

梅若华："我要变强，杀光所有欺负过我的人和想欺负我的人。"

黄药师："你杀气太重。但幸运的是，桃花岛的武功会让你平心静气，练成后，你就不会有杀气了。"

梅若华若有所思。

黄药师说："你先用最快的速度跑给我看。"

梅若华跑了一圈。

黄药师："今天起，你改名叫超风。"

梅若华："可我的速度并没有超过风。"

黄药师："所以你是没超风。"

梅若华："为何改名。"

黄药师："一个人想要忘记过去，先要忘记自己。今天起，你不再是梅若华，你是梅超风。"

黄药师有个大徒弟叫陈玄风，十二岁，两人相差四岁。

陈玄风看到梅超风第一眼，就暗恋她。

但他知道，爱是克制，暗恋一个人不要着急表白，不妨把这份美好藏在心底，再等一等，说不定就会暗恋其他人。

这一等就是六年，陈玄风没想到自己仍然暗恋梅超风。

六年后，陈玄风十八，梅超风十四，这两人你猜怎么着？说了你都不信，他们还是相差四岁。

陈玄风等不及，对梅超风表白。

陈玄风："当我女朋友吧。"

梅超风："我还不想早恋。"

陈玄风："再不恋爱，我们就老了。"

梅超风："夸张了。"

陈玄风："不夸张。跟喜欢的人在一起，时间会变快。"

梅超风："行吧。要不要请示一下师傅？"

陈玄风："什么年代了，谈恋爱还要请示组织？"

梅超风："有道理。那我们偷偷地谈。"

陈玄风不知道，梅超风也暗恋了他六年。

两个互相暗恋的人，中间隔着一层纸，你若不捅破，一层纸就隔着两个平行世界；你若捅破，两个世界就会水乳交融。

二人从此眉来眼去。

他们以为黄药师不知道，其实黄药师什么都知道。

为什么知道？

黄药师传授他们旋风扫叶腿时，陈玄风老盯着梅超风的腿看。

传授弹指神通的指法时，梅超风老是对着陈玄风手比心。

传授兰花拂穴手时，陈玄风一脸坏笑，好像拂穴是什么不得了的动作。

但黄药师只是看在眼里，并没点破，因为两人没有因为恋爱而影响学武，反而学得又好又快。

所以黄药师也不好说什么，他知道，所谓规矩，是用来约束庸才的。而他们两个，是天才。

黄药师打算等他们再长大一点，就批准他们谈恋爱。但没等到这一天。

这两人厌倦了偷偷摸摸的日子，突然就决定私奔，并且梅超风还偷走了半部九阴真经。

黄药师气得吐血，血迹喷洒在墙上，竟形成了 yinjiaoshou886 的字样。

两人躲在山洞。

陈玄风感慨："这半部九阴真经，算什么？"

梅超风："算四点五阴真经。"

陈玄风："厉害。那我再考考你，假的九阴真经叫什么？"

梅超风："九阴假经。"

陈玄风："好厉害，我果然没有爱错人。可是现在只有半部秘笈，要练的话，我们可能会走火入魔。"

梅超风："怕什么，我们的心早已为彼此着了魔。"

陈玄风："真会撩。"

果然，因为秘笈不全，他们练成了邪功。

梅超风练出了九阴白骨爪，陈玄风练出了摧心掌。

两人从此浪荡江湖，心狠手辣，江湖人称黑风双煞，英文名 Boom shakalaka。

因为练了邪功，难以平心静气，在江湖树敌无数，其中最强的对手是江南七怪。

那一年在蒙古大漠，两人与江南七怪对决，陈玄风不幸丢了性命。

梅超风从此孤苦无依。

她很难过。

八岁那年，她失去至爱，孤苦无依。

这么多年过去了，她又失去至爱，再次孤苦无依。

她以为练成厉害的武功、杀掉讨厌的人，她就会幸福。

她错了。

而陈玄风至死都不知道，其实算是梅超风害了他。

当年梅超风偷了半部九阴真经，剩下的半部虽然没偷，但她已经背了下来。

他们本可以练完整的九阴真经。

但梅超风骗陈玄风说只有半部。因为她想起黄药师当年说过的话：“桃花岛的武功会让你平心静气，练成后，你就不会有杀气了。”

梅超风不想失去杀气。

当年父母去世的画面对她的心理冲击太大，这么多年来，是她内心一直隐藏的那股杀气帮她撑了过来。

她不想失去那仅存的杀气，所以想练成邪武，放大内心的杀气。

最后，正是因为杀气太重到处树敌，才间接害死了陈玄风。

一个人，不能什么都想要。有得必有失。

投硬币者

李建军要出差，从深圳到北京。下午3点的航班。

2点15分准时开始登机。2点30分，李建军坐上飞机，习惯性地戴上眼罩和靠枕，开始睡觉。按以往的经历，睡三个小时就到北京。

头等舱的椅子很舒服，几分钟后，在李建军快睡着时，他被机舱的广播叫醒了。

“尊敬的各位旅客，很抱歉地通知您，本航班发动机正在进行检修，起飞时间待定。”

李建军眯开一只眼睛，并不在意，继续睡。他已经习惯了各种延误的理由，有时候是天气，有时是机场调度。

在他再次快要睡着之际，又被嘈杂的议论声吵醒了。

“这也太夸张了吧？竟然发生这种事？”

“就是，不知道怎么想的，竟然把硬币扔进飞机发动机？”

李建军听了一会儿，终于弄清楚了来龙去脉：“登机时，有个乘客朝飞机发动机里面扔硬币了。目前警车和维修人员已经来到现场，进行检修。”

李建军又睡了三十分钟，醒来听到乘客还在议论：“不是一个硬币，是一把硬币……”

李建军长叹一口气，心里默念了一句“蠢货”。

他看了看表，觉得自己的时间被浪费了。

此时广播响起：“尊敬的各位旅客，目前故障已经排除，发动机已调试完毕，符合起飞标准，请各位系上安全带，合上小桌板，打开遮光板，我们稍后即将起飞。”

“呼！”李建军松了口气，幸好问题解决了，他打算继续睡觉。

“不行！”心底突然一个声音传来，“我得下飞机！”

李建军突然意识到问题的严重性：如果只是一个硬币，那么清理出来，再调试发动机，没啥问题就能起飞。

但事实是，一把硬币丢进了发动机，根本没人知道到底是多少个。万一有遗留，那就是安全隐患！

他有一种强烈的预感：这架飞机不安全！

他脑海里想起《死神来了》这部电影，他选择相信自己的直觉。

想到这里，李建军说：“我要下飞机！”经过一番交涉，他下了飞机。

打了辆出租车回家。车上他想：“如果真的出了事，我就是唯一的幸存者了。”

想到这里，他甚至还有点盼望飞机出事呢，不然自己岂不是白损失一张机票了吗？

一分钟后，出租车发生车祸，李建军当场死亡，而那架飞机后来安全抵达了目的地。

（本故事纯属虚构，各位乘坐飞机时，请严格遵守航空公司规定，切勿做出任何危害公共安全的事情。）

我等你回来

李建军，小时候家里穷。

他的理想是长大后能开上豪车，家人都嘲笑他的理想不切实际，没想到他长大后梦想成真，真的开上了劳斯莱斯。

没错，他给一位老板当司机。

当了两年司机，他厌倦了。每天开劳斯莱斯有什么意思？

于是他换了份工作，给另外一位老板开宾利。

在这家公司，他认识了做文员的张乃霞，两人谈起了恋爱，这是李建军的初恋。

张乃霞很漂亮，为什么会看上穷小子李建军？大概是因为李建军长得帅。

有时候李建军会开着老板的宾利去和张乃霞看电影。

每当张乃霞上车前，李建军都会像一个老司机一样对张乃霞说：“来不及了！快上车！”

张乃霞嘿嘿一笑，露出两个酒窝，刺溜一声蹿上车。

他们在一起很开心，也很享受从车里出来时别人看他们的目光，毕竟每个人多少都有虚荣心。

帅哥美女豪车，仿佛是这个世界幸福的标配。

张乃霞说：“要是我们有一辆自己的宾利就好了。”

李建军没有说话，只是暗暗发誓从明天起一定要努力，努力买彩票。

张乃霞没有等到李建军中奖那一天，就被老板包养了，老板送了张乃霞一辆宾利。

帅有什么用？敌不过宾利。

李建军对张乃霞说：“如果有一天你愿意回来，我等你。”

张乃霞：“还是不了吧。”

最令人伤心的话不是“我们分手吧”，而是“还是不了吧”，因为前者开门见山有话直说，后者虽然听起来委婉，其实有时候委婉更伤人。

李建军厌倦了这份工作，他不想开豪车了。

如果一个人不喜欢开豪车，那一定是因为这辆车不是他自己的。

李建军也不喜欢张乃霞了。

如果一个人不喜欢美女，那一定是因为这个美女不是他自己的。

他想通了，开不开豪车无所谓，他真正享受的是驾驶本身的乐趣，如果每天能开不同的车，就像跟不同的人谈恋爱，想必是很有意思的事。

那怎么才能实现每天开不同的车的愿望呢？

他灵机一动，没想到办法；于是他灵机二动，还是没想到办法；灵机三动时，终于想到了办法：“当一个代驾司机。”

面试时，HR 问：“请说出你能胜任这份工作的理由。”

李建军：“我是老司机。”

HR：“如果客人喝多了，躺在路边，你怎么把他弄上车？”

李建军：“对他喊‘来不及了快上车！’一般这种情况下，人们都会上车。”

HR 微微一笑，虽然没有很倾城，但表达出了对李建军的赞许。

随后，公司对李建军进行了一番技术考核与背景调查，最终录用了他。

李建军上夜班，白天睡觉，晚上开车。

每个晚上他带着折叠自行车，在这个城市最繁华的地段等待接单。

这个片区有很多酒吧，每个深夜，他看着这些男女进进出出，有人哭有人笑。

见过有人在酒吧门口打架，也见过有人蹲在路边痛哭，还有人不说话，从酒吧出来默默站在路边，一根接一根地抽烟。

他们一定都有自己的故事吧，深夜的酒吧最容易卸掉人的伪装，很多人喝醉了发一条朋友圈：我想你了。然后在第二天醒来后觉得自己很傻瓜。

李建军想起了张乃霞，他也好想去酒吧喝一杯，也想让自己像个傻瓜一样发一条矫情的朋友圈，但出于职业素养，他不能喝酒。

正想到这里，李建军接到了一单代驾生意。

车主是一位年轻女孩，车是一辆宾利。

李建军感慨：“唉，难道我天生就是开豪车的命吗？”

但他突然觉得车很眼熟，人也很眼熟。

是张乃霞。

张乃霞喝多了，没注意到代驾师傅是李建军。

李建军怕被认出来，于是戴上了口罩。

人世间最尴尬的事情莫过于此，你的初恋叫了个代驾来开宾利，而代驾师傅是你。

张乃霞醉醺醺地说："你为什么戴着口罩呀？"

李建军："平常也没别的兴趣爱好，就是爱戴口罩。"

张乃霞："你好奇怪哦。"

李建军从后视镜里看着张乃霞，担心她会吐。

没想到真的吐了。

张乃霞："对不起，弄脏了你的车。"

李建军："没关系，这是你的车。"

话一说出口，感觉有点不对，难道车主的车弄脏了就没关系吗？

张乃霞也意识到了这句话有点好笑，于是就笑了："谢谢你，我已经很久没有笑过了。"

李建军把张乃霞送到目的地后，帮她在地库停好车，顺手清理了车里的呕吐物，然后把她送进电梯后才离去。

李建军在回去的路上，心情很复杂，没想到是以这样的方式见到张乃霞。他印象最深的是她的一句话："谢谢你，我已经很久没笑过了。"

为什么她会这么说，难道她不开心吗？

接下来的一个月，李建军又接到了三次来自张乃霞的代驾。看得出来，张乃霞几乎日日夜夜去酒吧买醉。可能她真的不开心吧。

有一次张乃霞喝得特别多，瘫倒在路边。李建军搬了一下，竟然搬不动。

于是李建军灵机一动，对张乃霞说："来不及了！快上车！"

张乃霞条件反射似的蹦起来，刺溜一下蹿上车。一如当年。

上车后，张乃霞的酒似乎醒了三分，她看着驾驶位上的这个戴着口罩的代驾师傅，沉默三秒后，她一把扯开了李建军的口罩。

张乃霞："是你。好久不见。"

李建军："是我。好久不见。"

张乃霞："你戴口罩是怕我认出来。"

李建军："是。"

张乃霞："为什么怕我认出来。"

李建军："有时候，好久不见，不如不见。"

张乃霞笑了："你是不是还喜欢我。"

李建军："没有。"

张乃霞："那为什么你每次给我代驾，服务那么好？又是帮我清理车子，又是给我喝水，还扶我进电梯？"

李建军："别误会，我们公司的代驾师傅都是这么服务客户的。"

张乃霞沉默。

第二天，李建军照样在中心区等待接单。

突然张乃霞出现在他面前，今天的张乃霞没有浓妆艳抹，而是素颜，像极了李建军第一次见她的样子。

张乃霞："我跟那个人分手了，我想重新跟你在一起，你愿意吗？"

李建军："我不愿意。"

张乃霞："你说过如果我回来，你还愿意等我的。"

李建军："我的确说过，我也一直在等你，现在我等到你了，然后再拒绝你，就是为了看你后悔的样子。"

如果爱可以重来

半夜 12 点，李建军在家练钢琴。

咣咣咣，邻居敲门。

李建军开门："嗯？"

邻居："半夜弹什么琴？"

李建军："弹的是肖邦的《夜曲》。"

邻居："我是说为什么你要在夜里弹！吵死了！"

李建军："夜曲当然要在夜里弹。"

邻居骂了句神经就走了，没办法。

是的，这个世界上有很多你不喜欢的事情，你通常都没办法。

李建军二十五岁。

大学毕业后，很多同学都去了体面的单位，只有李建军的工作最"不务正业"，他在酒吧驻唱。

曾有同学问："为何唱歌？"

李建军："喜欢，没办法。"

他的口头禅是"没办法"。

这个词很万能。很多难以回答的问题，都可以用一句“没办法”来回答。

李建军回到钢琴前，继续弹唱。

“为你弹奏肖邦的夜曲，祭奠我死去的爱情，跟夜风一样的声音，心碎得很好听……”

唱着唱着就流泪了，泪水滴在钢琴键上，并没有滴出什么字样。

他想起大学时光。

六年前，李建军大一。

那天李建军去开水房打开水，发现一个女生很漂亮，觉得自己爱上了她。

要问十八九岁的男生什么是爱，他不知道，他只知道“哇塞那个妹子真美”。

后来，李建军没事就在开水房，希望能多几次偶遇。

每次那个女生来，李建军就偷偷看。

终于有一天，女生对李建军说话了：“师傅，今天的开水不太烫，怎么回事？”

李建军：“啊？”

原来，女生每次来开水房都看到李建军，以为他是开水房的锅炉师傅。

李建军照了照镜子，发现自己长得太成熟，而且胡子也没刮，看上去的确像一个锅炉师傅。

“多少人曾爱慕你年轻的容颜？”李建军唱着问自己。

“没有人。”李建军回答自己。

从来没有人喜欢过李建军。因为他性格怪异。没办法，他总是把“没办法”挂在嘴边，而女人都需要安全感，谁会喜欢一个没办法的男生。

尽管如此，李建军还是很开心，因为暗恋的女生终于注意到他了。

他打算追求她。

经打听，得知原来她就是校花张乃霞，也读大一。

李建军不知道怎么追一个校花级别的女生，他唯一敢做的，只有创造更多的偶遇。

可是然后呢？偶遇又能怎样？

所谓偶遇，不过是路人的自作多情，甚至你连路人甲都算不上，最多算是路人癸。

一段感情还没开始就已经陷入了卑微。

为了创造偶遇，他选了跟张乃霞一样的选修课。

他的必修课经常翘课，而选修课却一次不落，因为他知道在选修课的课堂上会看到张乃霞。

张乃霞是学霸，人美，成绩也好。

李建军不知道哪里能配得上她。

人啊，都是眼高手低，那些自己得不到的东西也想要。

但是十八九岁的年纪，什么都想试一试，这正是这个年纪的美好。

等男人到了三十岁，所谓的成熟，都是被生活蹂躏过之后的缩手缩脚。

李建军唯一的特长是唱歌，而现在早已不是男生抱着吉他唱唱歌就能追到女生的时代了。

但他仍然想试试。

当一个人做什么都没用时，只能做他能做的，总胜过什么都不做。

恰好学校举办歌手大赛，张乃霞是主持人，这是一个展示才华的绝佳机会。

李建军唱一首《开不了口》，唱得很动情。

这首歌代表了他的情绪：开不了口。

这场大赛李建军得了第一名。

这个冠军并没有让李建军更大胆. 每一个暗恋的人，都是㞞包。

你在你的领域风生水起，但你在喜欢的人面前永远是㞞包。

转眼到了大二，李建军仍然连跟张乃霞搭讪的勇气都没有。

有一天半夜李建军睡不着，他带着吉他跑去操场唱歌。

这次他唱的是《夜空中最亮的星》。

每当我找不到存在的意义
每当我迷失在黑夜里
Oh~ 夜空中最亮的星
请指引我靠近你
……

唱着唱着，李建军突然听到了一阵抽泣，一回头，看到张乃霞坐在角落哭。

李建军："哎？"

张乃霞："哎什么。"

李建军："没什么……"

张乃霞："你给我继续唱。"

在张乃霞的要求下，李建军把这首歌唱了三遍。

末了，张乃霞说："你明天再来，我还想听。"

李建军很开心。只是不知道为什么她爱听这首歌。

他为她唱了很多天。

有一天，他唱着唱着，张乃霞就依偎在他怀里了。

李建军唱到一半停了下来，改唱爱情来得太快就像龙卷风。

他还没来得及表白，两个人就在一起了。

室友问他："为啥校花喜欢你？"

李建军："个人魅力，没办法。"

他俩谈了两年恋爱。大四那年，张乃霞突然退学离开了学校，没有任何征兆。

李建军也是在张乃霞离开学校后，才从她同学那里得知这个消息的。

室友问："你咋不去找她？"

李建军："个人没力，没办法。"

这次是真的无力，真的没办法。因为张乃霞销声匿迹了。

李建军又抱着吉他去操场唱歌："爱情走得太快就像龙卷风……"

毕业后，李建军没找工作，他想唱遍北京每一个酒吧，万一张乃霞能听到呢？

没办法，只有这个办法了。

时间从回忆切换到现在。

前天晚上练完钢琴后，第二天晚上李建军又去酒吧驻唱。

这天晚上，他收到一张纸条，有客人点歌。

点的是那首《夜空中最亮的星》。

李建军一阵心悸，不敢抬头看点歌的人。

但他还是看了，点歌的人是张乃霞。

“夜空中最亮的星……” 李建军开始唱，仿佛回到了当年在操场的时光。

歌还是那首歌，人还是那个人，什么都一样，却什么都不一样。

他流着泪唱完这首歌。

每一个唱歌流泪的人，都有故事。

每一个单曲循环的人，也有故事。

只是他不知道她的故事是什么。

深夜，烧烤摊。

李建军：“为什么突然走，又为什么突然来。”

张乃霞：“没办法。”

李建军：“怎么会没办法？我帮你想办法。”

张乃霞：“你的口头禅就是没办法，你还能想什么办法？”

李建军沉默。

这一晚，张乃霞告诉了李建军当年离开的原因。

大一那年，张乃霞跟校外一位叫马大丸的人谈恋爱。

后来才知道这个人已经结婚，果断分手。

分手后，马大丸以裸照为要挟，逼迫她当小三，张乃霞没办法，只能先应付着。

后来，马大丸逐渐对张乃霞失去了兴趣，不再骚扰。

张乃霞松了一口气，跟李建军谈了两年正儿八经的恋爱，没想到马大丸又来骚扰。

没办法，她不想李建军知道她的过去，她不想校花变成笑话，所以一走了之。

李建军听了她的故事，并没有很惊讶。在北京这座城市，每个人都有故事。

张乃霞：“我怀念没读完的大学。”

李建军：“我也怀念，怀念那些选修课，怀念歌手大赛，怀念当学霸的你。”

张乃霞：“如果能回到过去就好了。”

李建军没有回答，他想，如果总是执着于一个人的过去，便没有机会再参与她的将来。

他已经失去过一次机会，不想再失去一次。

于是他把张乃霞搂在怀里，一如当年在操场。

此时，埋在他怀里的张乃霞，嘴角浮现出诡异的笑容。因为她刚才说的故事都是编的，哪里有什么身不由己，她只是玩够了，想找个老实人嫁了而已。

要命的孤独

【黑夜，酒馆】

酒桌上一把五尺长刀，比桌子还长。

这也从侧面说明了一个事实：桌子比刀还短。

这把刀很朴素，没有珠宝镶嵌，只有一只手按在刀上，仿佛随时会拔刀。

那只手，是李建军的手，是貌不惊人的李建军的手。

他坐得笔直，一手按刀，一手举杯。

一把刀越是朴素，可能越伤人。

一个人越是貌不惊人，可能越惊人。

“嚯！”李建军突然大叫一声。把店小二吓了一跳。

你看，是不是很惊人？

“吓死我了啦！”店小二抱怨。

一位蒙面人过来，坐李建军对面，给自己斟上一杯酒。

未等蒙面人开口，李建军便发话：“一万两。”
蒙面人：“你怎么知道我要做什么。”

是女人的声音。

李建军：“敢坐我桌子上给自己倒酒的，都是来求我办事的。我办事，一万两。”
蒙面人：“贵了。”
李建军：“不用跪。”
蒙面人：“我是说价格贵。”
李建军：“倘若你要杀的人值这个价，那便不贵。倘若不值，那就不该找我。我就是贵。”
蒙面人：“你就是贵？你不是李建军吗？”
李建军：“我姓李名建军，字贵。叫我李贵也行。你要杀谁？”

黑衣人不说话，留下一张一万两的银票，以及要杀的人的信息，就走了。

【白天，街市】

第二天。
李建军背着刀，穿梭在集市，他要去找蒙面人要杀的那个人。
根据地图，李建军找到了地址。一栋木屋，门窗紧闭。
李建军一脚踹开门，倒吸一口气。

木屋里十二具尸体，血流成河，而且这十二具尸体都是锦衣卫。
李建军观察了屋内的摆设，判断这个木屋是锦衣卫的一个联络站。
但让李建军倒吸一口气的，不是这些，而是尸体脖子上的伤口。

每具尸体脖子上都有一个米字形的伤口。

二十五年前，杀掉李建军全家的凶手，也在每具尸体的颈部划了个米字。

米字一共六个笔画。

其实凶手一刀就能划开颈部动脉，按理说，这一刀下去，对方已经死了。

但凶手特别自信，瞬间又补了五刀，划成一个米字，只为证明刀法之快。

当一个人厉害到一定程度，就会忍不住炫技。

天下功夫，比的是速度，当你在一个人脖子上划米字时，必然就多花了时间，其他人可能会趁机要你的命。

除非你更快。

而这个刀手，很快。

【二十五年前的回忆】

二十五年前李家的灭门惨案，五岁的李建军逃过一劫。

他亲眼看见了凶手的刀法，

凶手使一把快刀，在李家每个人脖子上划了个米字。

李建军，名门之后，世代都是玩刀的高手，江湖人称金刀李。

李父使一把祖传的金刀，削铁如泥，鲜尝败绩，但仍然不是凶手的对手。

那天，李建军捡回一条命，发誓自己一定要练出更快的刀法，为家人报仇。

李建军不再使用家传的金刀。

他知道，刀的颜色不再重要，重要的是速度。

二十五年过去了，现在的李建军杀人时，可以用刀在人脖子上划出一个“龘”字，笔画之多，可见刀速之快。

这一招，他每天练习，不是怕自己的刀不够快，而是因为他老是忘记“龘”字怎么写。

你看，没文化就是不方便。

他的刀法，已经超过了凶手。

只是这些年凶手好像人间蒸发，从没露面。

直到今天，他发现了这些尸体脖子上的米字，他知道，他离凶手已经很近。

李建军离开了现场。

现在看来，昨天那个蒙面人雇佣李建军，只是想找个理由，让他去一趟这个木屋。

【夜，酒馆】

李建军回到了昨晚的酒馆。

一把刀，一坛酒，等一个人。

为什么凶手二十五年后重出江湖?

蒙面人把他引到那个木屋，目的是为了让他发现尸体上划的米字?

李建军心里有很多疑问。

蒙面人来了。

跟上次一样，她给自己倒了一杯酒。

李建军："为什么。"

蒙面人："二十五年前，有人杀了你全家。"

李建军："你知道？"

蒙面人："杀你全家的人，是马大丸。二十年前他也杀了我全家。我想跟你联手报仇。"

李建军："为什么让我去木屋。"

蒙面人："我擅长追踪调查，我知道他会去木屋杀人，所以我让你过去，就是为了让你相信他已经重出江湖。"

李建军："杀人手法跟二十五年前一模一样，而且米字的笔迹也确实是马大丸的。可是我为什么要跟你联手？"

蒙面人："我的追踪能力在你之上，你的刀法在我之上。没有你，我杀不了他。没有我，你找不到他。"

李建军："联手可以，但请你把面纱揭开，我要看看你的样子。"

蒙面人："不行。"

李建军："为什么？"

蒙面人："人家今天没化妆。"

李建军："你今天若是说了半点假话，马上就会死。你现在走还来得及。"

蒙面人："我真的没化妆。"

李建军："我不是说你化妆的事！"

蒙面人："我说的都是真话。"

李建军突然右手拍桌，桌上那把刀腾空而起，

他拔刀，往蒙面人脸上劈去。

没有人见到刀是什么样，而刀却已入鞘。

李建军端起酒杯，继续喝酒。

这套动作李建军也练了很久，尤其是最后衔接喝酒的动作，很拉风。

当一个人厉害到一定程度，就会忍不住炫技。

可惜李建军算错了一步，酒杯里已经没有酒了。

但李建军为了整体动作的流畅，只好假装喝了一口酒。

这一整套动作行云流水，酒馆里的人都看呆了。

很少有人能看到李建军拔刀。

但就算看到了，也看不出名堂，因为太快。

他们看不到拔刀的过程，只能欣赏拔刀的后果。

因为他们知道，李建军拔刀，通常是会死人的。

在场所有人，现在都看着纹丝不动的蒙面人。

她身上即将发生的，是颈部飙血？是人头落地？还是整个人被劈成两半？

都没有。

李建军那一刀，只是劈开了蒙面人的面纱。

面纱紧贴脸部，而李建军却能用刀劈开，不差毫厘。

蒙面人：“好刀法。”

李建军：“好脸蛋。”

蒙面人虽然没化妆，但素颜却已是足够的美。

任何一个男人，见到了这张脸，都难以抵抗。

李建军终于明白为什么她要戴着面纱，因为太引人注目，就连店小二也看呆了。

“嚯！”李建军又大叫一声，把店小二吓了一跳。

“吓死我了啦！”店小二说。

蒙面人：“你知不知道这样很危险，如果划伤我的脸怎么办？”

李建军：“没关系，就算划伤了，反正不是我的脸。”

蒙面人微微一笑，笑出了心形的鼻涕泡。

李建军：“你叫什么。”

蒙面人：“张乃霞。”

这一夜，他们聊了很多。

【夜，客栈】

李建军回客栈休息，他躺在床上，想了很多。

他劈开张乃霞面纱的那一刀，其实不是为了看她长什么样子，而是为了试探张乃霞。

他此前已经对她说过，如果讲了假话，就会死。

然后他一刀劈下去，如果张乃霞心虚，一定会避开。

但张乃霞没有。

他原本以为，这个世界上没有什么比自己的刀更快。

但他错了。

他喜欢上一个人的速度，快过于他的刀。

他喜欢张乃霞。

不仅仅是那张脸，更是因为张乃霞跟他拥有同样的悲惨命运。

失去至亲，苦练刀法，搜寻仇人。

这些年他的孤独无人能懂。

但张乃霞懂。

她跟他是一类人。

喜欢就喜欢吧，不要再浪费时间去想为什么喜欢。

行走江湖这么多年，李建军从没有怕过什么，最怕的就是浪费时间。

他已经三十岁，没有多少时间可以浪费。

他不是怕自己老了武功退步，而是怕仇人老了先死掉。

【白天，客栈】

他们决定制定一个复仇计划。

张乃霞："要杀马大丸，你要先了解他是怎样一个人。此人非常自负，凡是江湖上公认的玩刀高手，他都要杀掉，以此来证明自己刀法第一。"

李建军："这几年，江湖上公认的玩刀高手是锦衣卫的统领，所以马大丸杀十二个锦衣卫，只是想逼统领出来？"

张乃霞："没错，根据我追踪的情报，今晚，锦衣卫统领约了马大丸在山顶决斗，我们去山顶就能找到马大丸。"

【夜晚，山顶】

他们到达山顶时，发现统领已经到了。

统领站在山顶，看着悬崖，似乎并不在意自己身后有人过来。

只有高手才有这样的自信。

李建军不说话，走到统领身旁，也看着悬崖。

高手之间仿佛都有一种默契。

江湖上有太多的不请自来，但在高手眼里，似乎都是命中注定。

统领：“你是谁，想做什么。”

李建军：“我是谁不重要，我在等一个杀你的人。”

统领：“杀我的人，他不会来了，但是他已经来了。”

李建军：“不懂。”

统领：“杀我的人是谁？”

李建军：“马大丸。”

统领：“我就是马大丸，所以不会再来另一个马大丸。想杀马大丸的人是你，而你已经来了。”

谁能想到，当今锦衣卫的统领，竟是当年的杀人狂魔马大丸。

李建军惊讶地看着张乃霞。

这一步他没算到，张乃霞费了这么大劲，就是为了把他骗过来。

张乃霞回避了李建军的目光。

马大丸：“她是我女儿。”

李建军问张乃霞：“撒谎的人，都会怕我的刀。既然你一直在骗我，那天我用刀向你的脸，你为什么不躲？”

张乃霞：“是你的刀太快，我没反应过来。”

李建军：“怪我刀太快，没想到太优秀也是一种错。”

李建军被骗了。

他有点难过，难过的不是被骗，而是被喜欢的人骗。

他以为他找到了一个懂自己的人，其实根本没有。

孤独永远是通往复仇的必经之路。

人一旦背上仇恨，就不该爱一个人，也不该被人懂。

马大丸又补充道："其实她也没有完全骗你，我的确是想杀掉所有的玩刀高手，就是为了证明我最厉害。你是玩刀高手，所以我想杀你。"

李建军："你知道我是谁么？"

马大丸："二十五年前我杀了你全家，故意留你一命。"

李建军："为什么。"

马大丸："因为你父亲太弱，李家的刀法不该如此不堪。二十五年过去，你没有让我失望，现在你的刀法正值巅峰。我最想杀的，是真正的金刀李，也就是你。"

李建军："我已经不用金刀了。"

马大丸："但刀法是金的。"

李建军："要找我，何必杀那么多锦衣卫。"

马大丸："就是为了骗骗你，好玩。我不但想在刀法上赢你，也想在智力上赢你。"

李建军："杀十二个自家兄弟，就为了骗我好玩？"

马大丸："没错。"

李建军："果然是个自负的变态。"

李建军右手扶刀。当他扶刀，表示做好了杀人的准备。

马大丸也握住了刀。

而张乃霞，站在两丈外观战。

一个眼神交汇，双方几乎同时出手。

高手的交锋，往往只需要一个回合。

现在，一个回合过去了。

马大丸毫发无伤，而李建军的左臂却被砍断。

当时，马大丸发现李建军整个身体突然往右急转，暴露了毫无防守的左侧。

马大丸瞅准时机，一刀下去剁了李建军的左臂。

高手的较量，往往不是比谁更厉害，而是比谁先犯错。

马大丸："我以为你会比你父亲厉害，没想到也不过如此。"

说完这句话，马大丸又觉得哪里不对。

他突然觉得，这一切似乎太容易了。

果然，张乃霞突然倒地，脖子上汩汩地冒血。

原来，李建军当时突然转向，是为了杀张乃霞。

他不惜失去一只手，也要杀张乃霞。

他在张乃霞的颈部动脉划了个"龘"字。

笔画越多，说明刀法越快。

当一个人厉害到一定程度，就会忍不住炫技。

这一切发生于电闪雷鸣之间，连马大丸都没看清。

马大丸因为太自负，把所有的注意力都用来寻找李建军的弱点，而忽略了自己的女儿。

当一个人太想要另一个人死，往往就会忘记保护自己最重要的人。

马大丸毫发无伤，却输得彻底。

而死去的张乃霞根本没资格论输赢，她只是这两个男人的棋子和炮灰。

李建军没有杀马大丸。

他过了二十五年没有家人的日子，也想让马大丸体验什么是孤独。

毕竟，江湖上最要人命的不是刀，而是孤独。

李建军也曾问过自己，有没有真正爱过张乃霞。

他只知道，就算爱过，他爱的也是那个撒谎跟他有同样灭门遭遇的张乃霞。

而这个张乃霞是不存在的。

有人说，一个人对别人的同情，本质上都是心疼自己。

所以李建军爱的是他自己，当一个人习惯了孤独，就会丧失真正爱一个人的能力。

大姨妈逼婚记

李建军，单身，三十岁。

过年回家，最怕亲戚问什么时候结婚。

今天亲戚聚会，尽管做好了心理准备，但还是有点惴惴不安。

李建军想好了，如果有人再问他什么时候结婚，他就翻脸。

果不其然，舅妈开门见山："建军，你打算什么时候结婚啊？"

李建军刚想拍桌子。

但是大姨妈似乎看穿了李建军的心思，对李建军说："现在时代不一样了，其实单身也挺幸福的。"

李建军收回了拍桌子的手，没想到竟然有人理解他，于是赶紧点头："是是是！"

他很开心，现在长辈能这么想，已经很难得了。这么多年来，终于碰到一个讲道理的亲戚。

大姨妈接着说："单身确实幸福，但如果找个女朋友结婚，那就更幸福了。你不想更幸福吗？"

李建军："啊？想……"

大姨妈脸上挂着运筹帷幄的表情，跟舅妈相视一笑。

现在的亲戚越来越老谋深算，她先认同你的观点，让你觉得你们是一条船上的，然后再说她自己的观点更好，让你猝不及防。

姜，还是老的辣。

第一轮过招，李建军被糖衣炮弹轰了个措手不及，赶紧喝了点酒缓一缓。

半杯酒下肚，李建军胆子也壮了，他不能服输，打算以血还血，给大姨妈一点血的颜色看看。

他突然想起来，姨妈有过几次失败的婚姻，于是打算以此为黑点来攻击大姨妈。

李建军："我觉得吧，结婚也没那么好，因为……"

大姨妈打断李建军："结婚好啊，你看我，结了还想再结，我都结三次了。"

李建军："这……"

大姨妈："你是不是想说，一场失败的婚姻还不如不结？我告诉你，失败是成功之母，不经历风雨，怎能见彩虹？"

李建军再次措手不及，没想到对方不但主动亮出黑点，而且还把歪理掰正。

一时没想到怎么反驳，只好附和："也不是没有道理……"

李建军连续两次被挑下马，本想给大姨妈一点血的颜色，没想到却被大姨妈喷了一脸血。

李建军怕了，他现在不敢主动说话，总感觉自己无论说什么，都会被反驳，于是只能埋头喝酒。

大姨妈看李建军喝酒，便说："爱情，就像一杯酒。你埋头喝酒，说明你的内心渴望爱情。"

李建军："渴望是渴望，但是总觉得自己条件还不够，房子还没买。"

这是肺腑之言。

说到这里，李建军又灵机一动，便顺水推舟："不如，大姨妈借点钱给我买房？"

李建军不惜当众使出借钱的绝招。

如果大姨妈答应，好歹能借到钱，不亏。

如果大姨妈不答应，也能让她当众尴尬一把，解气。

大姨妈不慌不忙地说："你缺钱找我就对了。"

李建军窃喜。

大姨妈接着说："我们公司现在有几款贷款产品，当天申请当天放款，还款方式灵活多样，利息低额度高无抵押。你有需要的话……"

李建军赶紧说："我不需要。"

大姨妈："没错，我也觉得你不需要。为什么呢？因为如果你能找到另一半，可以两家人一起凑钱，这样就不需要贷款了对不对？"

绕了半天，话题又绕了回来，李建军只好应付："对对对。但是女朋友这事吧，得从长计议，也不是今天说找就能找的。"

大姨妈："你错了，今天还就真有机会。你知道我今天为什么安排这顿饭局吗？其实就是为了给你相亲。"

李建军："啊？"

大姨妈指着饭桌上一位老阿姨说："这是我朋友张姐，她女儿已经十九岁了。"

李建军心想，十九岁也不错，便问："有照片看吗？"

张姐掏出手机，给李建军看了看女儿的照片。

李建军一看，虽然这个张姐又矮又肥，但她女儿竟然高挑漂亮。

李建军内心狂喜，觉得大姨妈今天虽然说话不留情面，但确实是为了他自己好。

他做梦也没想到，这辈子还有机会跟十九岁的漂亮女孩谈恋爱。

想到这里，李建军脸上露出无法掩藏的笑容。

大姨妈说："如果你不介意张姐有女儿，你可以跟张姐谈恋爱。"

张姐朝李建军嘿嘿一笑，笑出了心形的鼻涕泡。

李建军两眼一黑。

此时，李建军的电话响了，他被吵醒，原来刚刚所有的一切是一场噩梦。

接起电话，是妈妈打来的。

妈妈："机票买了吗，啥时候回家？大姨妈组织了一场饭局，赶紧回来。"

李建军想起刚才噩梦里张姐的鼻涕泡，心有余悸："还没定，我安排好了再给你电话吧。"

说完啪一声挂了电话。

是谁杀死了女友

江湖上没有人能接住李寻欢的飞刀，因为他的飞刀有八百多斤重。

为什么他能抛这么重的飞刀？因为他力气大。

为什么别人接不住？因为别人力气小。

而且如果你学过物理，你就会知道，这么重的刀，加上那么快的速度，其动能有多强。

如果你仍然不知道，那我告诉你公式：$Ek=mv^2/2$

飞刀虽重，可体积却和普通飞刀差不多。其重量主要得益于密度大。

表面上看这是一把飞刀，其实，这还是一把飞刀，并没有其他功能。

有些武器制造商，喜欢把武器弄得花里胡哨，比如有些斧头可以当电饭煲用。

李寻欢不需要那种。他觉得，飞刀就应该是飞刀。

经常有人找李寻欢去杀人，给很多钱。但他不干。

因为那些人不配死在他的刀下。

他的经济收入，主要靠街头卖艺。

不是表演飞刀，而是表演 b-box。

他之所以擅长 b-box，是因为他在跟人决斗时，嘴里一定要发出一些噪音，这样对方就无法听声辨位。

长此以往，就练成了 b-box。

在一阵动次打次声中，对手中刀身亡。

江湖人称：嘻哈侠。

有一次，他遇到一个女孩。

女孩问："李寻欢，如果你把飞刀抛向自己，自己能接住吗？"

李寻欢："能。"

女孩："吹牛。"

李寻欢："我用脸接，插脸上也算接住。"

女孩："那你不就死了吗？"

李寻欢："不会，我脸皮厚，插得不深。"

女孩："真不要脸。"

李寻欢："我喜欢你。"

女孩："？？？"

李寻欢："反正不要脸了，如果不表个白，不是浪费了吗？"

女孩脸红了。

李寻欢："你脸红了。是不是你也喜欢我？"

女孩还没回答就死了。

原来脸红是因为中毒。

李寻欢有点难过。

这辈子第一次喜欢一个女孩，没几秒，就死了。

幸好感情不深，所以也没难过很久。

他觉得自己该谈一场恋爱了。

当一个人没有对手，他唯一的敌人就是孤独。

他想找个女孩恋爱，时不时吵架，享受输的感觉，毕竟没有男人能吵得过女人，除非他不爱她。

输是什么感觉？他不知道。

他连赌博也不会输。当一个人总是赢，赢就索然无味。

真正的刺激是险中求胜。

后来他又谈了几次恋爱，没多久，女孩全都被毒死了。

“难道我有毒？”李寻欢问自己，“不，是有人要弄我。”

如果你恨一人，却又弄不死他，唯一的办法就是弄死他喜欢的人，这会让他生不如死。

可是他不知道是谁在下狠手。

他这辈子没有得罪过谁。

但有时候一个人就算不犯错，他也有错。强大本身就是一种错。

只要你有足够的强大，就会有人嫉妒。

哪怕你配得上这份强大。

最后一个死去的女孩叫张乃霞，被发现时，还没死透。

李寻欢：“谁杀你的？”

张乃霞：“动次打次。”

李寻欢：“都什么时候了，你还 b-box？”

女孩说完就死了。

为了避免更多的女孩的死亡，他只有不谈恋爱。

他开始调查是谁在弄他，但哪怕他本事再大，也查不出来。

于是他重金雇了一个江湖上探案最厉害的人，温弟华。

温弟华说他找到了凶手。

李寻欢：“凶手是谁？”

温弟华：“不能说。我怕你打不过他。”

李寻欢：“江湖上没有人能接住我的飞刀。”

温弟华：“你能接住自己的飞刀吗？”

李寻欢：“什么意思？”

温弟华：“你的女友们，全是被你自己杀的。”

李寻欢：“哈哈哈哈哈。”

温弟华：“你女友们都死了，你还笑，是人吗？”

李寻欢：“我为什么要杀她们？”

温弟华：“可以说是你杀的，也可以说不是你杀的。因为你有双重人格。你身体里还有另外一个自己，这个人格喜欢你，只要你谈恋爱，你就吃自己的醋，只好杀了情敌。”

李寻欢：“我只用飞刀杀人。但她们都是死于中毒。”

温弟华：“没错，但如果你用飞刀杀死她们，你就会知道是自己杀的。为了骗过自己，你不用飞刀，你用毒。”

李寻欢：“我为什么要相信你的话。”

温弟华：“你可以不信。只是你问我，我告诉你。仅此而已。”

李寻欢崩溃了。

他不知道自己该不该相信他的话。

当一个问题找不到其他答案，那么唯一的答案或许就是正确答案。

从此，他的人生除了内疚就是怀疑，怀疑自己该不该内疚。

有一天他悲痛无比，只好给自己唱了一段b-box，以便缓解忧愁。

唱完之后，他突然想到了什么。

张乃霞临死前，留下的最后四个字就是动次打次。

这是否意味着，杀死她的人就是他。

虽然张乃霞是被毒死的，但是，他当年每次用飞刀杀人时，都喜欢说动次打次，已成习惯，所以在用毒药杀人时也会脱口而出。

一切都说得通了，答案就是双重人格。

另一个自己，虽然藏得很深，但还是被动次打次暴露了。

玩嘻哈果然没前途。

从此他得了抑郁症，严重到想自杀。

他多次用飞刀投掷自己，但因为皮太厚，却杀不掉自己。

于是他灵机一动，为什么不吃毒药呢?

时值夏日，他服用了一大瓶冰镇农药，呛死了。

没错，就是因为喝太快呛死的。

怎么死的无所谓，条条大路通罗马，呛死不丢人。

李寻欢想好了，他杀了自己，他还是第一。

因为能把江湖第一杀死的，才是真正的江湖第一。

李寻欢死后，江湖第一的位置被江湖第二的马大丸坐了。

而温弟华也发财了。

一年前。马大丸找到了温弟华。

马大丸："我给你钱，你告诉我如何当第一。"

温弟华："只有等第一死掉。"

马大丸："我杀不死他。"

温弟华："等他自己杀死自己。"

马大丸："你有什么好办法吗？"

温弟华："给我几个能被他爱上的女人。我自有妙计。"

哪有什么双重人格，都是温弟华的诡计，把李寻欢逼疯，让他自己杀死自己。

当一个人强大到没有对手，唯一的对手就是自己，只有自己能杀死自己。

但如果他不谈恋爱，他就没有弱点。

所以有人说李寻欢死在了女人手里。

也有人说他死于孤独。

其实是一个意思。

忘记你，做不到

故事发生在一个武侠江湖。

李建军是一位面馆老板。

有一天，一位美丽的女孩来吃面。

女孩说："听说你这里的面好吃，介绍一下。"

李建军："你看这面又长又细，就像这碗又大又圆。"

女孩："不错。"

男孩："喜欢的话，我再给你说一段。"

女孩："不了，我是说面不错。"

那天，女孩爱上面，男孩爱上女孩。

后来他才知道这女孩有身份——天下第一暗器门派，唐门暗器的掌门人。

其实李建军也有身份：揉面的。

每个人都有身份，只不过有时悬殊。

唐门暗器，天下第一。

暗器其实不暗，比如暴雨梨花针，静止时很亮，但飞行时因为又小又快，别人根本看不到，才被称之为暗器。

人们总把自己看不到的东西称之为暗，比如暗恋。

张乃霞每周来面馆吃一次，李建军不敢表白，甚至不敢多看一眼，每多看一眼，爱就多一分，爱而不得的辛苦也会增一分。

为什么爱情里非得有一方卑微？因为配不上。

李建军深受暗恋之苦，他安慰自己："暗恋一个人别着急表白，不妨把这份美好藏在心里，过段时间，说不定就会暗恋其他人。"

可惜没用。如果自我安慰有用，人生也就没有苦。

他只能在远处看着她，保护他。

一个揉面的，怎么能保护暗器高手？除非他是更厉害的高手。

巧了，他就是。

长期揉面，搞得他劲很大，但如果认为劲大就能扔暗器，那就错了。

面柔，力刚。把一团面揉得恰到好处，不同的阶段要用不同的力，力道不差一分、不多一毫，做出来的面才是最弹最爽的。

他揉了二十年的面，终于掌握了揉面的奥义：刚柔并济，巧用寸劲。

恰巧，这也是暗器的奥义。

最厉害的暗器，不仅要快，而且要改变方向。很多高手接不住暗器，就是因为对飞行轨迹无法预测。

只有对力道的把控无比精准，才能扔出会拐弯的暗器。

为了缓解思念，李建军经常潜伏到唐家堡，在屋顶偷偷看她，但他是君子，不该看的不看。

可有一天，他却听到最想听的，以及最不想听的。

最想听的是，他听到张乃霞告诉丫鬟，她喜欢李建军。

最不想听的是，在他准备离开唐家堡时，听到唐家堡的大总管打算杀掉张乃霞，夺取掌门之位。

极度的欣喜夹杂着极度的恐慌，让这个男人极度焦虑。

当一个人马上就要得到最宝贵的东西，却眼看着有可能失去，那他宁愿这件东西得不到，也不想被毁掉。

谁敢动张乃霞，他就要谁的命。

他一方面打算继续调查，把这帮人一网打尽。另一方面，他要想办法提醒张乃霞注意安全。

第二天张乃霞来吃面。

李建军知道她也喜欢自己，说话便也有了底气。

于是他开门见山：“有人要杀你。”

张乃霞：“谁要杀我。你怎么知道。我为何要相信。”

李建军：“大总管要杀你。我潜伏偷听的。你可以不信。”

张乃霞：“敢潜入唐门，我现在就可以杀了你。”

李建军：“我既有本事潜入唐门，你未必能杀得了我。”

话音刚落，张乃霞向他的方向扔出一根毒针。但毒针只从他耳边擦过，他没有任何反应。

张乃霞：“你连我的毒针都反应不过来。还敢说我没本事杀你？”

李建军："因为我知道不用接。从你发力的角度，我已推算出这根针的飞行轨迹不会伤到我。你只是在试探我的功底。"

张乃霞："不可能，Nobody 能看到我暗器的轨迹。"

李建军："我能看到。我喜欢你却不敢说，我就是你的 Nobody。"

张乃霞扑哧一笑："你好骚啊。"

李建军："还有更骚的。"

他随手拿起一根筷子当暗器扔了出去，这根筷子竟然围着她呼呼旋转。

张乃霞震惊："我见过会拐弯的暗器，但这是我第一次见到会转圈圈的。"

李建军："也许是因为爱的魔力转圈圈。"

张乃霞笑了，喷出了心形的鼻涕泡。喜欢一个人，连鼻涕泡都是心形的。

但张乃霞喷着喷着，突然在桌上喷出一摊心形的鼻血。

内行人一看就知道是中毒了。

原来在她来面馆之前，就已经在唐家堡被大总管下了毒，这个毒，叫忘情水。

张乃霞的暗器在唐门排第一，但用毒第一的人却是大总管。

防不胜防。

张乃霞："我中了忘情水的毒。这个毒要么死，要么生不如死，因为就算活下来，我也会忘记一切，包括忘了你。在我忘记你之前，我想告诉你，我喜欢你。"

李建军看着心形鼻血说："没想到你连中毒也是爱我的形状。"

张乃霞："你是想笑死我，好让我含笑九泉吗？"

李建军立刻用强大内力封住她的经脉，防止毒性蔓延。虽然生命不再有危险，但从明天起，张乃霞就会忘了他。

第二天张乃霞醒来，已不记得任何人、任何事。

这个毒还有一个特点，就算有人告诉她以前发生过什么，但新的一天，仍然会忘记。

李建军想去报仇，但万一有什么意外，谁来照顾她？

他不说话，只是做了一碗她最喜欢吃的面给她。

没想到发生了奇迹，她吃完面，竟然能认出来李建军，也恢复了记忆。

虽然当天恢复记忆后，第二天仍然会忘记，但只要每天吃一碗面，就能每天恢复。

难怪有人说，最爱吃的食物会承载最美好的记忆。

澡堂与片场

作者
银教授

选题策划
知音动漫图书·时代坊

封面插图
白山津见

封面 & 内文设计
方茜

策划编辑
胡梦怡

责任发行
周冬梅

出版社
中国致公出版社

总出品
湖北知音动漫有限公司

制作出品
知音动漫图书·时代坊

平台支持
知音漫客 漫客小说绘

图书在版编目（CIP）数据

澡堂与片场 / 银教授 著 . -- 北京 : 中国致公出版社 , 2019
ISBN 978-7-5145-1453-7

Ⅰ . ①澡… Ⅱ . ①银… Ⅲ . ①短篇小说 - 小说集 - 中国 - 当代 Ⅳ . ① I247.7
中国版本图书馆 CIP 数据核字 (2019) 第 195208 号

澡堂与片场 / 银教授 著

出　　版	中国致公出版社 （北京市朝阳区八里庄西里 100 号住邦 2000 大厦 1 号楼西区 21 层）
出　　品	湖北知音动漫有限公司 （武汉市东湖路 179 号）
发　　行	中国致公出版社（010-66121708）
作品企划	知音动漫图书 · 时代坊
责任编辑	付　阳
特约编辑	胡梦怡
装帧设计	方　茜
印　　刷	长沙鸿发印务实业有限公司
版　　次	2019 年 12 月第 1 版
印　　次	2019 年 12 月第 1 次印刷
开　　本	787mm × 1092mm　1 / 32
印　　张	8
字　　数	214 千字
书　　号	ISBN 978-7-5145-1453-7
定　　价	38.00 元

走吧，不好笑

银教授 著

人生何处不窘迫

也许周星驰从来就不需要被人看懂。

他只负责表达。

你看到什么，就是什么。

当你觉得自己看懂了周星驰，其实是通过周星驰的作品看懂了自己。

我一直在找一个词，来概括周星驰大多数作品里的主角的共性，现在找到一个：窘迫。

什么是窘迫？

能力追不上梦想，

脚步跟不上灵魂，

计划赶不上变化。

具体一点：

要钱，钱没有。

谈情，情失意。

先说钱。

其实当一个人穷惯了之后，有钱没钱反而无所谓。

虽然欲望是人的本能，但是压制欲望是人的技能。

不信你看，把知足常乐挂在嘴边的，大多是穷人。

在大部分时候，没钱的窘迫都是不值一提的，无非是苦一点喽，苦中还能作乐呢。

只是，当你在乎的人遇到的问题必须要用钱来解决的时候，你才会真正意识到没钱的窘迫。

比如《喜剧之王》里的尹天仇。

在遇到柳飘飘之前，他每天在片场混盒饭吃。

穷又如何？先混着，反正有叉烧饭吃。

但是在与柳飘飘共度良宵之后，他蒙了。

在说完“我养你”之后，他更蒙了。

因为没钱。

你在乎的人，不是一本书不是一块手表，不是放在抽屉里就能平安无事的。

当你在乎的是一个人时，是要花钱的。虽然不多，但是没有就是没有。

那句“我养你”，声音很大，底气不足。

何止不足，是没有。

窘迫吗？非常窘迫。

说起没钱的窘迫，我想起一条大家可能都看过的段子。这个段子的原创者是我以前一起玩过脱口秀的一位哥们儿叫梁海源。

段子大意如下：

有一天爸爸陪我逛街，路过玩具店，我看中了一个玩具，隔着橱窗看了很久。

爸爸问我：“喜欢吗？”

我说：“喜欢！”

爸爸说：“喜欢的话……那就多看一会儿吧！”

我俩就从白天一直看到了晚上。

后来我明白一个道理：爱你的人不一定是愿意为你花钱的人，而是愿意花时间陪你的人。

这个段子有两层喜剧效果。

首先是爸爸问完之后，按照常规思维，爸爸应该把玩具买下来。

可这个当爸的只是说了句“喜欢那就多看一会儿吧”。

窘迫吗？窘迫。简直是实力坑儿。

别人的窘迫，在旁观者看来，本身就已经是一个笑话。

然而这个段子并没有结束，更深一层的喜剧效果在于儿子对窘迫的解读：爱你的不一定是愿意为你花钱的人，而是愿意花时间陪你的人。

这就是为什么有人说喜剧的内核是悲剧。在这个故事里，两个人都是窘迫的。

当父亲没有能力去满足儿子，他陷入了窘迫。

当儿子想起别人可以有玩具而自己只能隔着橱窗看，他陷入了窘迫。

这就是普通人的生活缩影。

玩具，只是一个代码。

在普通人的生活中，这个玩具可能是车子，是房子，是戒指，是父母医药费，甚至是回家的火车票。

不幸的是，现实对大多数人都是残酷的。

幸运的是，现实还是给了你争取玩具的机会。

关于玩具，最近流行在朋友圈的一篇文章，也提到了周星驰童年的一件类似的事：

周星驰回忆他童年时看中的玩具："我常常都说一个

故事，就是我小时候，跟爸爸妈妈出去逛街，我看见玩具，但是他们都不买，最后还打了我，因为我要闹，一定要买，但是妈妈一定不买，最后妈妈还打我，我就觉得，你不买还打我，太没有道理了，我只是想要一个玩具而已。”

“你不买还打我，太没有道理了，我只是想要一个玩具而已。”

没有任何一个当父母的愿意知道儿子在童年会有这样一段内心经历。

这样的窘迫就不用拆开解读了。

当时候周星驰应该还小，他只知道窘迫，但不知道为什么会窘迫。

再后来，通过他的另一件童年往事，可以看出来，他已经知道了为什么窘迫。

幼时家境贫困，还有两个姐妹，每次吃饭母亲总把肉夹给他，可每次周星驰都会把吃剩下的肉放嘴里咬一遍再吐出来，更过分的是有一次他竟把整个鸡腿扔到地上，母亲认为他很自私，忍不住打了他。

直到后来周星驰带母亲上节目，终于说了自己那么做的原因——他发现母亲很少吃肉，但又命令周星驰要把肉吃完，于是周星驰故意把肉弄脏留给妈妈吃。

这时候周星驰已经是一个“心机婊”了。

窘迫的人，表达爱的方式是不同的，加上他内向的性格，驱使他用更婉转的方式去表达爱。

他用不懂事的方法去表达懂事。

很多人都说过，小时候看周星驰的电影是笑，长大了再看，是哭。

因为你看到了“虐”。

周星驰太擅长虐了，毕竟从小就手到擒来。

说完钱，说感情。

在《少林足球》里，周星驰饰演的阿星与赵薇饰演的阿梅有这么一段对话。

阿梅：“我喜欢你。”

阿星：“我也喜欢你啊。”

阿梅：“那我们之间是爱情吗？”

阿星：“你……你是开玩笑的吧？”

阿梅：“我是认真问你的，真的。”

阿星：“那当然不是爱情……我们永远都是好朋友嘛，那不是更好吗？”

阿梅：“那你以后也可以常常来找我。鞋子破了，

我还可以帮你补。”

阿星：“不用了，鞋子破了，我就把它扔掉。我们都要向前看嘛，我永远都不要再穿破鞋子了。”

阿梅哭。

阿星：“你不要这样子，干吗你哭了，不要这样子嘛。”

阿梅：“我明白了，谢谢你。”

（补充一句：这场戏谈到了“爱”，但真正体现两个人感情精髓的，是这场戏前面的那场没有提“爱”的戏。非常精彩。）

阿星喜欢阿梅，但不敢承认。

很简单，阿梅太丑。

怎么说呢，阿梅这个角色是一双破旧的球鞋，阿星本身不抗拒破旧的球鞋，甚至觉得穿着舒服。

但是他抗拒别人看他的眼光。

“走自己的路，让别人去说吧。”这句话对大部分人来说，也只是说说而已。

就算我们已经下定决心不在意别人的眼光，但也需要时间。

他不但不敢承认，还要再来一发“鞋子破了我就把它扔掉”的暴击。

丑的是阿梅，自卑的是阿星。

一个男人要克服自卑，不是去穿一双崭新的高级球鞋，而是在买得起新球鞋之后还愿意重新穿上那双破旧的球鞋。

那个晚上，阿星没有跨过这道坎，他还没有克服自卑，他选择压抑真实的自己。

还有比这更窘迫的吗？

有。

在《功夫》里。

周星驰在发现黄圣依的真实身份后，仍然抢了她的钱罐。

他本可以停止，但他选择继续。

要面子，装坏人，这是没有意义的执着。

抢完之后，他还是崩溃了，一个善良的 loser，在干坏事方面也是失败透顶。

这些年，我过得不好，你过得不差，这辈子根本没想过会再见面。

但今日一见，没想到是这样的方式。

十八年前我保护你不被流氓欺负，十八年后我变成了欺负你的流氓。

还有比这有窘迫的吗？

有。

在《国产凌凌漆》中。

袁咏仪帮周星驰取出了大腿上的子弹，周星驰发现这颗子弹来自袁咏仪的枪。

他喜欢她，并且为她去摘白色玫瑰，却因此暴露了自己的位置，被袁咏仪的枪击中。

我愿意给你的不只是玫瑰，还有我的命。但我却发现要我命的人居然是你？

人生何处不窘迫。怪谁呢？好像也不知道怪谁。

也许感情上的无厘头就是冤无头债无主。

周星驰太擅长处理这些感情戏。

看似乱成麻，其实一根线。

关于周星驰，不想称他为大师或神，也不想说欠他电影票。

他只是这样一个存在：这个行业里所有人都想超越他，包括他自己。

最后有一句话共勉：每一个正在努力改变自己窘迫命运的人，都值得被尊重。

但那都是后话，而你今年才 18

最近看了篇短文，描述一个男人的一生。

说 35 岁时身体越来越差，工作没起色，孩子幼儿园学费要六千。

38 岁时孩子上一年级，外辅导班也要花钱。

44 岁时孩子上初中，因为拮据，没法满足孩子学钢琴的愿望。

50 岁……60 岁……

总之，就是说这个男人没什么钱，一辈子为了家庭埋头苦干，字里行间流露出悲壮和压抑。

这让我想起去年看过的一段类似的文字，女版的。说一个女的回家后，面对的是不争气的老公、哭闹的孩子、臭臭的袜子、做不完的家务。

总之，字里行间也流露出悲壮和压抑。

这两篇短文看完之后，让人觉得婚姻就是压力、争吵、窒息，一眼看不到头，因为不知道出路在哪里。

又觉得一眼能看到头，因为你认为没有出路。

于是你觉得婚姻是魔鬼，这不是你想要的生活，然后在故事下面评论：“呵呵，我是不会结婚的。”“可怕，都不敢结婚了。”

此类文章让我感觉到，文字能很方便地操控人的情绪。

人为什么要独立思考，独立思考最重要一点就是，情绪不要轻易被操控。

我们重新看这两篇故事，到底说的是什么？

其实没什么。

柴米油盐，磕磕碰碰，求而不得，这不就是普通人过的日子吗？

以我们父母这一辈为例，在普通人家，哪个不是辛

苦工作？哪个不是操持家务？

你以为你以后就一定不会普通吗？

还是你觉得，自己一毕业就会在高级写字楼里当高级白领，没干几年就被老板赏识，成为青年才俊，然后跟长得好看的人结婚，生好看的宝宝，住在有落地窗的海景房里，抽最贵的雪茄，开噪音最大的跑车。

有这样的人，但不一定是你。

或者你可以很接近这样的生活，但没那么容易。

如果你不能过这样的生活呢？如果你我恰巧就是一个很普通的人呢？

普通到购物车里的面霜看了又看就是舍不得买。

普通到一年只敢买一个不太贵的包包。

普通到为了给孩子请个音乐老师不得不放弃自己的旅行计划。

怎么办？日子就不过了吗？就单身到老吗？

其实也可以，不结婚没错，丁克也没错。

但那都是后话，而你今年才 18。

你 30 岁时可以选择单身，但不能是因为你 18 岁那年对婚姻莫名的憎恨。

所以，年轻人话别说太早。

但还是要做好一个准备，就是你我恰好就是普通人。

其实，当你为人父母，没病没灾，能把孩子供到上大学，孩子又顺利娶妻生子，这在普通人里已经算很顺利了，只是没有大富大贵而已。

不是每个人都能富贵，也不要因为得不到富贵就放弃人生。

普通人也可以有开心的事。

比如，吃到好吃的火锅、孩子成绩进步了、年终奖多发了一万，甚至你讨厌的人扭到脚了，这不都挺值得开心的?

你开心是因为你有盼头，你觉得自己虽然很普通，但你一直在往前走。你时不时回头一看，今天虽然也普通，但比昨天好，而且你觉得明天会更好。

如果明天实在不行，那咱们后天走着瞧。

这才是正常的生活。

而现在网上有很多文字，只把生活的负面提炼出来，而忽略美好的一面。

你要稍微清醒一点，不要让自己的眼里只有丧。

如果只看到丧，做什么都不会开心。

生活这东西，可以很好，也可以很操蛋。

它能弄死你，你也能碾压它。

但如果你躺着什么都不干，脑子也不清楚，那就只能被弄了。

那些鸡毛蒜皮，从此无人能懂

看到顾城有首诗叫《小巷》，这么写的：

小巷
又弯又长
没有门
没有窗
我拿把旧钥匙
敲着厚厚的墙

这是我读过的最无奈的诗。

一直以来，有个地方你进不去，你以为钥匙不对，最后发现别人连锁孔都没留给你。

如果故事到这里就结束，也不算很惨。

只是你没离开，仍然拿着那把钥匙，在敲。

一个人执着到什么程度，会拿钥匙做出敲的动作。

有时候，人必须执着，不然无法掩饰绝望。

这让我想起一件事。

我爷爷去世后，奶奶有时会一个人跑到他的坟头自言自语。

这种场景很熟悉，我以前只在电视见过。

她说了什么，没人知道。

我只知道，爷爷在世时，他们经常吵架。

等到人没了，奶奶突然发现，连个吵架的人也没了。

老太跟老头吵了一辈子，不分胜负。

现在只剩下老太，练了一辈子嘴皮子，突然独孤求败。

我时常觉得，人比自己想象得坚强，如果没有人关心自己，没关系，我自己可以关心自己。

但人又比自己想象得脆弱，以至于这个世界上有一种孤独，是缺一个随时可以吵架的人。

你敢肆无忌惮的跟对方吵，是因为你知道会和好。

相敬如宾是爱，包容你的肆无忌惮也是爱。

奶奶年纪越来越大，脑子也越来越不清楚。

有一个雨夜，奶奶不见了，家里所有亲戚找了一夜，甚至连河里都找了。

最后还是在爷爷坟头找到了她。

奶奶当时的场景，大概就是那首诗所说的：拿着把旧钥匙，敲着厚厚的墙。

现在不是钥匙的问题，不是门窗的问题，也不怪墙太厚，而是墙那边根本没有人。

不会再有人会听到你的声音。

我很难接受自己很老了一个人坐在阳台上，突然对自己说一句想吵架了。

吵架最怕的不是翻旧账，而是失去了那个懂你旧账的人。

那些鸡毛蒜皮，从此无人能懂，只剩我拿着把旧钥匙，敲着厚厚的墙。

我劝你存点钱

前几天在微博上看到有网友说她身边一个朋友，在几年的时间内，不知不觉欠了巨额信用卡，家人接到催款电话都蒙了。这笔钱在小城市甚至够付一套房子的首付了。

家人问买啥了？她说她也不知道。

估计平时就是喜欢什么就买，总觉得分期后每个月不用还多少钱。

比如年轻的你月薪一万，这个收入听着还过得去。买一万块的 iPhone 分 12 期还款，每期还不到 1000 块，这笔钱对于月薪 1 万的你，很轻松。

但是下个月你又看上某奢侈品牌的零钱包，分 12 期还款，每个月也就几百块而已。

以此类推，买了十几件东西，赫然发现，每个月的还款金额可能超过了一万块。

你把所有收入拿去还款都不够，何况还要吃喝住。

长期恶性循环，有一天你会发现连“最低还款额”都无法支付，最后只能以卡养卡，这样每个月又多出一笔“维护费”。雪球越滚越大。

所谓卡奴，就是这种情况。

当然，信用卡没有错。我甚至觉得信用卡是个好东西，用处很多很方便。

但对于没有自制力、又被消费主义洗脑的人来说，信用卡就是一个黑洞，吞噬你的钱财和未来。

不少人都深陷消费陷阱无法自拔，常年零存款。零存款还算好，还有不少负债的。

这里所说的负债，一般不含房贷。因为房贷的负债是可以转让的，只要你卖房，债务就会消失，甚至还能获得房产升值的红利。所以房奴虽然嘴上叫苦，但内心还算坚韧。

卡奴就不一样了，因为过度消费而带来的负债是实打实的坑，这个坑必须得填，填不上就信用受损，未来麻烦很大。为了填坑，由于收入在中短期内难以大幅提高，

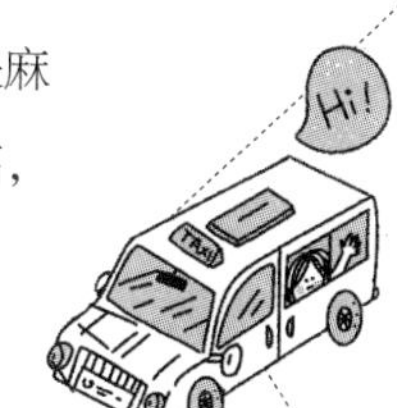

于是只能省吃俭用，严重影响生活质量和精神状态。

一个人如果长期财务状况很糟糕，其判断力和工作状态是会受损的，这更不利于其收入的提升。

消费是刚性的，当你体验过高消费快感之后，突然紧缩，你会生不如死。

在财务状况很糟糕的情况下，你几乎没有任何抗风险的能力。任何突然需要用钱的突发事件，都会让你在一夜之间破产。

很难理解一些人为什么能用长期无存款甚至负债的状态去换取看上去体面或奢华的生活，真的一点都不怕吗？

翻翻朋友圈，会看到大家的生活特别美好，人均数千的米其林餐厅、五千八千一双的鞋、几万块一个的包。当然，其中有些人是实力玩家，没得说。但也有些人可能有一天会突然发微信找你借 1000 块交房租。他借钱是不会发朋友圈的。

有多少体面的背后是不堪入目的窘迫。

说这些并非是站着说话不腰疼，因为我也经历过财

务窘迫的时期，但我并不是因为过度消费，而是办正事。

过度消费带来的窘迫，和正常消费带来的窘迫，对人的影响不一样。

前者让你麻木并丧失判断力。后者反而可能让你更冷静更努力。

一些消费主义受害者在陷入严重的财务危机之后，仍然没有醒悟，为了在社交媒体上继续保持体面生活，甚至会盗图更新社交软件里的日常。有人甚至把网图发在朋友圈，说最近又买奢侈品了。这种“0 元炫富”的行为未免太魔幻。

狂热的消费主义 + 虚荣 + 自制力低下 + 收入不匹配 = 破产。

送一个特别简单的准则给你：当你犹豫要不要去某地旅行或者要不要买一件商品时，就问自己“如果不发朋友圈，我仍然会去消费吗？”如果仍然想买，而且支付无压力，那就买吧。

对自己好没有错，晒出体面的生活也没有问题，趁年轻去国外旅行去犒劳自己，也特别 OK！但这一切要跟自己的财务状况相匹配。

面对危机时，钱才是你最忠诚的朋友，不要轻易把它交出去。

写完这些，估计有人会说："嚯！你这个营销号！昨天鼓动买买买，今天又劝人理性消费，话全被你说了，敢情两边流量都想占？"

这个问题我该怎么回答呢？其实问题本身就已经包含了答案，理性买买买就行。买买买的口号到处都是，但理性是你自己的。

食物与生活

奶奶快 90 岁了。以前我每次回家，她都要从兜里摸点儿什么吃的给我，比如一些花生瓜子，或是一些很粗糙的点心。只要我吃，她就很开心。如果不戴假牙，嘴都会笑瘪。

有一次，她拿了两盒牛奶给我，我一看，还是很久之前我送给她的，现在已经过期了。我说："牛奶过期了。"她说："特意留给你的，也没注意，那不能喝了吗？"

她们那一辈人，经历过严重的物质短缺，哪怕现在不缺什么，她还是会把她眼中的好东西都当宝贝一样，留给我们。

前段时间奶奶中风，出院后，我把奶奶转到了当地最贵的有医疗看护的养老医院。我不知道什么是最好的，但最贵的一定不会差。我爸说会不会太贵了？我说我想让我的家人在我的能力范围内得到最好的照顾。她的身体状况需要专业的护工、需要专业的康复训练、需要及时抢救。我想让她在人生最后的几年里过有尊严的生活。

后来还有人推荐了既不那么贵也还可以的地方。我说：不用了，我和奶奶是两盒过期牛奶的交情，你不懂。

大学时有个食堂的窗口被福建人承包了，一个福建同学带我去吃打卤面，当时觉得好香。一连吃了好几天。唯一的缺点是：一份不够吃，两份又太多。于是我跟同学一商量，打算两个人点三份，这样两人都能吃饱而且不浪费。然后，那位福建阿姨竟然看穿了我们的心思，用福建话对我同学说："不要这么麻烦啦，都是老乡，我给你们多加点面好了。"就真的有点暖心。毕竟我以前对食堂窗口的印象，都是手一抖把肉全抖掉的那种。

几年前还没有外卖软件，我打电话叫了个外卖，小哥给我送来后，我说咋没有辣椒包？小哥说我给你去拿吧，也不远。我说算了不用了，但他已经走了。十几分钟后，他把辣椒包给我送了过来。

这件事很普通，不过是一个小哥下楼取漏了的东西而已。

但这件事又不普通，因为他腿有点残疾。能走，但一跛一跛的。

前几天我在深圳最繁华的中心区又看到了他。我没看他脸就知道是他。那矮小的、一跛一跛的、走得还有点儿快的背影，我永远记得。

他穿着某外卖的工作服，仍然在干着送餐的工作。

他这样的人，我就一个感觉：倔强。他有他的坚持，一如几年前，漏的东西一定要帮我拿回来。

生活很难，但他没有被生活干翻。

一个瘸子干着跑腿的工作，哪怕是生活这种大魔王也会怕他吧。

今天写这些，是因为我刚才看一本美食书提到了福建卤面，我就想起大学那件事，继而想起一些列跟食物有关的暖心片刻。

食物这种东西作为一个载体，承载了很多感情，也见证了太多的故事。

在这个无论胖瘦都无法避免忧伤的世界，假如只有美食才能给自己带来快乐，那我宁愿当个欢乐的胖仔。但也不能太胖，毕竟健康最重要，活久一点，多吃几年，岂不是爆赚？

天水围的日与夜

很多电影里都有吃饭的画面，我特别喜欢的是许鞍华的《天水围的日与夜》。

电影很平淡，淡到没故事，但我仍然一口气看完了，就像一口气喝了一碗便宜却自有滋味的猪杂汤。

整部电影就是导演拿了把菜刀，把普通人的生活随意剁了一段拿给大家看。

电影描述香港底层普通居民的生活，在苦和悲之间，导演很克制，没有去雕刻悲，而是平静地描述苦。

人这一生，不管你悲不悲，反正苦是一定的。

你蹦跶一辈子，无非是苦中作乐。

就像一个人没钱吃大餐，但也要讲究荤素搭配。

电影里有几个关于食物的细节让我印象很深。

一个生活拮据的独居阿婆，去超市买鸡蛋，要挑看起来大的那一盒；买食用油也要货比三家。

这个片段就很真实。我们普通人逛个超市确实要花很多时间，尤其是我们的父母辈，买纸巾买洗衣液都要比较多少克多少钱。

到了我们这一代，逛超市可能不看这些了，但是去餐厅吃饭也会在心里暗自盘算性价比，道理是一样的。

当一个人没法用时间去挣钱时，就只能用时间去省钱。

这就是真实生活：精打细算。

阿婆有一次买了10块钱的牛肉，一把芥兰，分两次炒，中午一顿，晚上一顿。

菜虽简单，但炒起来讲究。牛肉切成薄片，待油温上来，与姜片一起炒到五成熟，然后把牛肉铲出来待用。最后炒芥兰时倒进去一起出锅。

干干净净，清清爽爽。

一天吃两顿芥蓝，很辛苦。但切几块牛肉，认真炒一炒，说明还没有向生活低头。

放弃自己，一般是从放弃认真吃饭开始。

一个人倘若还愿意认真做饭，说明这个人仍然很坚强。

另一对母子吃饭的画面也不少，菜虽朴素却也讲究荤素搭配。

母亲夹一块大冬菇给儿子，儿子咬一口，真香。

看得我有段时间特别想吃整块的冬菇，我也想咬一口，看看到底有多香。

还有一些菜我不记得了，依稀记得有一次好像没有肉菜，唯一的荤菜是鸡蛋。

这个“鸡蛋算荤菜”的细节又很棒了。

这部电影看了好久了，很多东西都不记得了，写得像流水账。

之所以写这篇，是因为刚才在朋友圈看到有人提起了《桃姐》这部电影里的牛舌。

让我想起了这些。

《桃姐》的导演也是许鞍华，这部电影也出现了一些很棒的吃饭的画面。

比如刘德华就着一盘蒸鱼吃白饭。后来我每次吃蒸

鱼配白饭，都会觉得自己是刘德华。

电影里那盘鱼蒸得很好，后来我自己学做饭时，对蒸鱼也格外用心地研究了一番。

另一个画面好像是桃姐卤了牛舌放冰箱，刘德华很喜欢吃。那是他从小吃到大的味道。

后来每次吃潮汕火锅或者日式烤肉，我也都会点一盘牛舌，假装自己是刘德华。

现在看来，这两部电影都有共同点。

桃姐在刘德华家里做了一辈子的佣人，最后得了病，刘德华也没有放弃他。他们并没有血缘关系。

阿婆跟母子只是普通邻居，最后阿婆老无所依，母子也没有放弃她。他们也没有血缘关系。

菜是家常的，情是不寻常的。

要说什么是人间自有真情在，也许这就是吧。

生活对你再不好，也不妨碍你对自己好。

认真生活的人，总有机会碰到善意的人。

金钱对一段爱情到底有多重要？

认识一个男孩，因为经济条件不好，也看不到变好的希望，觉得自己无法给深爱的女孩一个好的未来，于是就跟女孩分手了。虽然女孩也爱他。

我问他："你不会后悔吗？"

他："可能会后悔，但我是否后悔不重要，我只要她过得好。"

我："你又怎么知道她离开了你一定会过得好？"

他："是不一定，但如果跟了我，一定会过得不好。"

我："你再拼几年，万一会好呢？"

他："女孩子的最好的青春也就那几年，何必让她去参与一场不必要的豪赌。"

我当时无话可说。想反驳，却又无从说起。

表面看，他是放弃了女孩，其实他是放弃了自己。虽然他还年轻，却已经确定自己不会变得更好。

之所以想起这事，因为今天刚看《动物世界》这部电影，男主角李易峰和女主角周冬雨的情况跟他类似：一个穷父子拖着一个美丽女孩，不知何时是个头，但终究要面临一个选择：放手还是不放手。

但不同之处在于，李易峰虽然愿意放手，但他也愿意去拼。

什么意思呢?

他给了自己一个机会：“拼成了，回来娶你。拼不成，你找别人。”

但周冬雨跟他一样倔：“你铁了心要走，我就铁了心等你，等到死。”这么一看，这两头犟牛倒是挺配。

不管一个男生愿不愿意去拼，我们都无法回避那个问题：金钱对于一段爱情到底有多重要?

从我男生的角度看，我觉得相当重要。

很久以来，都有一个看似正确的理论：感情的事与钱无关。

没人敢反驳这句话，因为你一旦反驳，就会有人质问：没钱就不能谈恋爱了？穷人就不配有真爱了？

没钱当然可以谈恋爱，穷人当然配有真爱。

但我们真正要讨论的问题其实是：在真爱的前提下，如果物质基础足够好，爱情会不会更幸福？

当然会。

住更好的房子、给孩子更好的教育、去更美的地方旅行，难道你不想给对方更好的生活？

有人说，我不喜欢享受，我喜欢平淡的生活。

OK。可是平淡不是你想要，想要就能要。生活这个大魔王不会轻易让你平淡一生。

就像小时候你想当个宇航员，长大后觉得还是当个普通人算了，可你最终发现普通人也没那么好当。这就是生活的本质：残酷。

所以钱这东西，最大的意义其实不是享受，而是处理危机。

当你到了需要承担责任的时候，你会发现，很多危机需要用钱来解决。最直接的例子就是家人生病怎么办？一

个病人会“拖累”一个家，就像一匹马少了个蹄子，谁也别想奔腾，留给自己的只剩“崩溃和疼痛”。

道理谁都懂，只是我们有时不愿面对。因为在我们年轻时，这些危机还没有出现，我们对现状过于满足，而对未来的危机预估不足。

安贫乐道是一种生活方式，这种方式没有错，只是不够稳。就像之前听过的一个段子：有些说唱歌手表面酷炫叛逆，其实背地里偷偷给自己交社保。

不管男生女生，都应该尽自己所长，为这段感情拼出个拥有经济基础的未来。

虽然拼了不一定就成功，但是一定要拼。

成不成，看命。

拼不拼，看你。

我们是父子，我们欲言又止

曾写过这样一条微博：网络社交很脆弱。平时你我有千万个共鸣，但今天只要有一件事看法相反，可能彼此就认为对方是蠢货了。总之，现在表达个人喜好是件瞻前顾后的事。

所以我很少表达喜好，因为我知道每个人的喜好不一样，无论我表达什么，肯定都有人反对。

而以前的我为了最大化减少反对的声音，于是选择不表达。

听起来挺聪明，但这个逻辑类似于“我觉得表白可能会被拒绝，那我还是不表白吧”。

人活着不敢说自己喜欢什么，就像不敢对一个人表白。

憋着会累。

我想不憋。

所以我今天要明目张胆的表达我的一个喜好：我喜欢《乘风破浪》这部电影。

我想从电影本身的角度去说说我为什么会喜欢，但又怕说完之后有所谓剧透，从而影响大家的观影体验。

人生好难，好不容易决定说一说，却不能敞开了说。

这还挺符合我货的气质，我感觉我这辈子一直活在欲言又止之中。

写到这里，我灵光一闪，我大概知道可以从什么角度来表达我对这部电影的喜欢了，那就是四个字：欲言又止。

这部电影覆盖了亲情、友情、爱情。

亲情是主线，讲到了欲言又止的父子关系。

中国人的父子关系很微妙，我们不善于表达爱，更不善于化解冲突。

在我小时候，我永远不理解为什么我爸上一句说“我是为你好”，接下来就要动手揍我。

为什么我在外面被别的小孩揍了，回到家还要挨老爸一顿揍？

我爸也不理解，为什么我总是跟别的小孩不一样。

我的高中班主任曾经对我爸说："把你儿子带到精神病院去看看吧。"

我爸气得发抖。

而我还挺自豪，因为我就是跟别人不一样，怎么的？

父子之间的这些矛盾一直都在，影响了我们父子对爱的表达，而事情过了之后，我们又不愿再次提及，更不会去互相解释。

而在很多年之后，尽管我们什么都不提，也什么都没做，这些矛盾又自然而然地化解了。

像极了一滴墨汁滴落在清澈的池塘，先是一个显眼的污点，然后逐步扩散弥漫，直到最后再也找不见墨汁的身影，而池塘却依旧清澈。

矛盾之所以能化解，我以为是因为时间能治愈一切。

其实并非如此，而是因为硕大的池塘本身就很清澈。

如果只是一杯水，墨汁定会搅浑。

有容乃大。

中国人的父子关系，是池是湖是海，有涟漪有窒息

有风浪，但水越深，越适合停泊。

打住，再写就变成散文了。

我想穿插着讲述我自己的一点小故事。

2008 年我大学毕业后决定从武汉去深圳，我父亲强烈反对，反对到不愿意给我钱买火车票去深圳面试。后来我自己借钱买车票去面试。

他不理解，为什么我家乡的同学在外求学后，大部分都回到了家乡，有的进当地企业，有的当公务员，有的在银行。很体面很稳定。

为什么我偏偏要在一个举目无亲的地方浪？

浪就算了，浪得工资高也行啊，可偏偏我却不太争气，当时找的工作并不怎么样。

这就尴尬了。

尴尬之余，我还是选择继续浪。因为我知道，我跟别人不一样。

他不理解我，正如我不理解他。

不，我理解他，我知道他很传统，喜欢稳定，喜欢子孙绕膝。

但理解归理解，这是他想要的生活，不是我想要的生活。

这么多年过去了，现在我在深圳生活得很好。

我不喜欢跟别人比，但我也不怕跟别人比。

我认为我的选择是正确的，就算是错误的，那也是我的选择。

他绑不住我，最后也只能放了我。

在我记忆中，读书时，我爸几乎从没夸过我。

然而在我工作后，每当过年回家时，酒桌上我爸总爱回忆我读书时的那些事。

这些事是我以前一直不知道的。

“你知道吗？你班主任说你上课最多只听 10 分钟。如果你能听 20 分钟，你高考会不一样。”

诸如此类。看上去挖苦我，但他说起来却掩藏不住自豪，好像我的智商很高似的。

我很清楚我的智商一般，但他就是觉得我聪明。

今年过年，因为特殊原因我留在了深圳没回家。

昨天跟我爸妈视频，很简短，3 分钟左右。

我依旧是那个欲言又止的儿子，他依旧是那个话不多说的父亲。

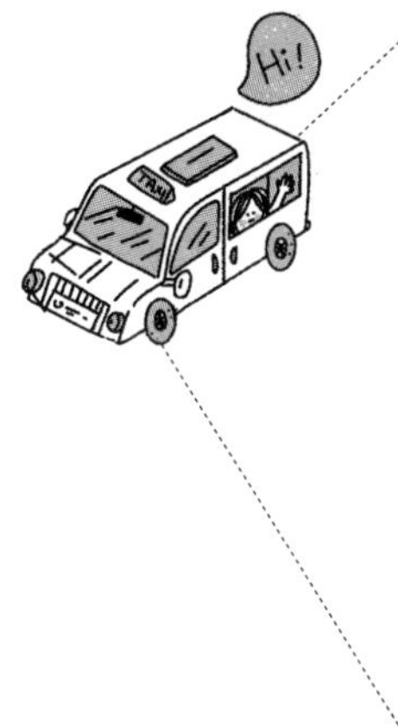

我：“家里初几请客？”

父亲：“还没定。”

我：“今年喝的什么酒？”

父亲：“老样子。”

我沉默了一下，似乎并没有更多的话可说。

父亲：“你没事给亲戚们打打电话拜拜年。”

我：“不了，你知道我不擅长这些。”

父亲沉默了一下。

我：“春晚开始了，先挂了。”

我们父子之间，没事从不打电话。

而昨天的情况属于“该打个电话，但又确实没什么事”，所以对话风格有点诡异。

我甚至都没有祝他身体健康。

今天，正月初一，我也没有打电话回家去拜个所谓的年。

我们都已经习惯了彼此的欲言又止。

在我以前只能说的时候，我欲言又止。

现在我可以说，也可以做，我仍选择欲言又止。

我没有变。我还是那个沉默的浪子。

幸好我还可以做，我不喜欢说漂亮话，我喜欢做该做的事。

总有人说父爱如山，但我更倾向于父爱如水。

水的力量比山更强大，冲刷时势如破竹，平静时安稳如山。

这就是为什么有人说家是港湾，撑起你这条破船的，是父亲那潭水。

DATE :　　　/　　　/

DATE :　　/　　/

DATE :　　/　　/

DATE :　　/　　/

DATE :　　/　　/

DATE :　　/　　/